ETT TRASIGT HJÄRTA

Ett trasigt hjärta

TITTI ÄLVERUD

© 2024 Titti Älverud
Förlag: BoD • Books on Demand, Stockholm, Sverige
Tryck: Libri Plureos GmbH, Hamburg, Tyskland
ISBN: 978-91-8080-126-3

Omslag och grafisk form: Malin Persson

INNEHÅLL

Förord 6

Första delen 7

Andra delen 60

Tredje delen 132

Fjärde delen 188

Femte delen 231

Förord

Den här romanen är skriven med hjälp av universum, mycket fanns inom mig men en del av romanen kom bara av sig självt.

Jag vill tacka alla i min omgivning som har fått tagit del av boken under tiden den skrevs.

Det har varit av stor vikt för mig att ni fanns där, alla nära och kära.

Och jag vill säga tack till mig själv för att jag tog mig modet och kraften att skriva ner berättelsen om Anna.

Första delen

-Men, åh vad du är klok!

-Tack för dina fina ord idag.

-Jag beundrar dig och önskar att jag kunde vara och leva som
dig.

-Du lever som du lär och verkar vara så lycklig. Sa Marit.

Anna tittade på Marit och log, hon avslutade dagens samtal
och reste sig upp och kramade om Marit och sa.

- Du vet var jag finns om du behöver prata. Marit svarade
tillbaka.

-Å tack jag återkommer, vad skulle jag göra utan dig?

De hade haft ett långt samtal om livet och Marit hade undrat
hur hon skulle göra för att bli lyckligare och mer tillfreds med
sig själv.

Marit klädde på sig jackan och gick ut genom dörren, Anna
stod kvar i dörröppningen och tittade efter henne och vinkade
när Marit vände sig om mot henne.

Anna stängde dörren och gick fram till fikabordet, tog en
sockerkaka och åt den i två tuggor.

Hon hällde upp en ny kopp kaffe från termosen i muggen, tog
en kaka och drack en klunk kaffe. Nu hörde hon Marits ord i
sitt huvud.

-Å vad du är klok, du lever som du lär.

Vad visste andra människor om henne egentligen?

-Du lever som du lär.

Aldrig i livet, här äter jag fikabröd som om jag aldrig sett

något annat, kaka efter kaka, tänkte Anna.

Anna kände sig som en bluff. Var hon verkligen klok?

Hur är man när man är klok? tänkte Anna.

Och hur kan andra människor se att hon lever som hon lär?

Tankarna for runt i hennes huvud medan hon drack kaffe och

åt på en ny kaka.

Vägen till att prata med människor, vägleda dem, hade varit

en kamp för Anna.

En kamp där hon brottades med sina röster inombords. En röst

som sa att hon inte dög som hon var, och den andra rösten

som inte var hennes egen, utan någon annans röst som talade

om vad Anna skulle göra.

Den rösten hade hon haft med sig ända sedan hon kunde

minnas. Den var alltid lugn och talade till henne på ett

kärleksfullt sätt. Anna kände att det var hennes bästa vän som

alltid gick att lita på.

För när Anna följde den kärleksfulla rösten så blev hon glad

och fick mod till att göra saker utan att tvivla, hon kände en

lycka och tillfredsställelse.

Men nu kom rösten som inte var kärleksfull utan kall och hård. Som ett slag i ansiktet träffade den henne när hon mumsade på kakorna.

Anna bestämde sig för att inte lyssna på den kalla hårda rösten och började plocka ihop kaffekopparna och resterna av fikabrödet.

Att få hjälpa människor var något av ett kall för Anna. Vägen dit hade inte varit enkel och självklar från början. Hon hade bara väglett människor i några år nu och innan Anna började med det så hade hennes liv varit som olika pussel som behövdes läggas ihop.

En del var komplicerade och tog tid att få ihop, det var som en bild av olika pussel i hennes huvudet. Bilden inuti henne visades som en tygpåse med ett snöre som drog ihop påsen upptill och där i förvarades hennes pussel.

Alla pussel hade en mening i hennes liv, som gav henne insikter och hon gjorde både personlig och andlig utveckling för varje pussel.

Det var som om hon behövde uppleva och processa olika saker i livet för att kunna läka och bli hel, bit för bit.

Som om bitar i Anna var oläkta, och hon utsatt sig själv i olika situationer omedvetet för att kunna läkas.

Hennes oförmåga utvecklades i processerna och hon blev medveten om sig själv.

Den kärleksfulla rösten fanns med i henne men även den kalla
hårda rösten var närvarande emellanåt. Anna hade lärt sig med
åren att lyssna inåt och ta sig tid att låta sig höra på den
kärleksfulla rösten, för den hjälpte henne att hitta rätt i livet.
Anna satte sig i soffan efter att hon hade diskat kaffekopparna
som hon och Marit druckit ur. Hon sjönk ner djupt i soffan
och drog upp benen, tittade ut genom fönstret på träden
utanför och tänkte för sig själv,
 Jag lever som jag lär mig?
Jag lever ifrån hjärtat och lyssnar på min inre röst. Det som
känns lätt är rätt, tänkte Anna.
Ja, för Anna kände in olika saker, lät varje sak få ha sin tid i
hennes hjärta. Hon tänkte igenom varje val hon stod inför och
tog sig tid att känna.
Om någon ville ha svar snabbt så bad Anna om extra tid om
hon kände sig osäker. Fick hon inte det så gick Anna på första
känslan som hon haft kring det som det gällde. Hon stressade
inte fram något.
När Anna var litet barn så lyssnade hon på sin inre röst och
handlade därefter, men vuxna i hennes närhet kunde säga till
Anna att hon inte fick prata så eller bete sig som hon gjorde.
Som den gången när Anna var fem år gammal och hennes
mamma hade köpt en hundvalp till familjen. Anna och hennes
äldre syster Monica fick följa med mamma Kerstin och hämta

hem deras första hund. Efter att mamma Kerstin hade skrivit på papper som ny ägare åt valpen och betalat den så sa Monica att hon ville bära valpen till bilen. Anna ville också bära valpen till bilen och sa det till mamma Kerstin.

Mamma Kerstin svarade Anna att hon var för liten och kunde tappa valpen så det var bäst att Monica bar den och höll i valpen i bilen när de åkte hem eftersom hon var äldre. Anna var ledsen men sa inte emot sin mamma. Väl hemma så bad Anna att få gå ut med valpen själv utanför huset och rasta den. Mamma Kerstin gav med sig och sa till Anna.

-Gå bara runt huset så tittar jag i fönstret på dig när du går så ser jag om du behöver hjälp, och då kommer jag till dig i så fall.

Stolt satte Anna på halsbandet och kopplet på den lilla valpen. Hon tog på sig skor och en jacka och gick ut genom dörren med den lilla valpen i släptåg. Men Anna blev osäker på om hon skulle klara av att hålla den lilla glada valpen i kopplet, hon tog ett extra hårt grepp i handen om läderremmen.

Anna kände att hon innerst inne hade velat ha någon med sig men ville så gärna visa att hon också var stor nog att klara av att gå ut med hunden. Hon tittade upp när hon steg ut från huset och såg mamma Kerstin le och vinkade åt henne i fönstret, Anna log tillbaka till sin mamma.

Hon tog några steg runt hörnet på huset med kopplet hårt i handen. Precis när Anna kommit runt hörnet såg hon ett vitt ljus komma ner från himlen rakt emot henne. Det var ett starkt vitt glittrande ljus, Anna blev inte rädd utan kände direkt att någon kom till henne för att finnas som stöd när hon gick runt huset med valpen. Det var som en osynlig gestalt fylld med värme och kärlek som var med henne, uppfattade Anna. Ända in i hjärtat kunde hon känna att den här ljus gestalten var där för hennes skull, för att hjälpa henne att få mod till att klara av sitt uppdrag. Hon kände sig stark av ljus gestaltens närvaro. När Anna klev in genom dörren till huset stod mamma Kerstin för att ta emot henne och valpen, frågade hon Anna.

- Gick det bra på promenaden.

-Ja, det gick väldigt bra, sa Anna stolt.

-Det var en osynlig ljus människa som kom till mig från himmelen och gick med mig runt huset, sa Anna.

Mamma Kerstin drog ihop ansiktet och sa till Anna.

-Men Anna, inte kan du fantisera om osynliga människor, du kan inte prata på det där viset.

Mamma Kerstin suckade, tog kopplet från Annas hand och tog av halsbandet på valpen och hängde upp det på kroken som satt på väggen i hallen.

Anna böjde ner huvudet och kände att hon var fel och annorlunda igen, bara fem år gammal.

Hon fick ofta höra av sin omgivning att hon hade så mycket fantasi, Anna fick inte prata om sina fantasier hon upplevde, sa de vuxna till henne. För Anna så var allt verklighet, hon kunde "se" saker som skulle hända i förväg och Anna hade även en röst inom sig som talade om vad hon skulle "göra", en kärleksfull röst. Det var som bilder eller korta filmer som spelades upp i hennes huvud. Ibland kunde hon inte förstå vad hon såg eller hörde men talade om det i alla fall till någon vuxen i hennes omgivning. Det kunde hända att hon sa saker som berörde deras gäster som var på besök hos dem, ibland skrattade de vuxna bort det hela eller blev bestörta.

Vid ett tillfälle när en gammal moster var på besök så "visste" Anna i förväg att moster Maj skulle ge henne pengar. Anna hade fått en bild i huvudet av en tiokronorssedel som mostern gav till henne när de stod i hallen och moster Maj var på väg att ta sig hemåt.

Efter de hade fikat och Moster Maj reste sig och gick ut till hallen för att klä på sig ytterkläderna, sa Anna till mostern att hon inte fick glömma att ge henne tio kronors sedeln. Hennes mamma Kerstin blev alldeles bestört och sa till Anna att så där fick hon inte säga, med en skarp ton.

Moster Maj sa att det var ingen fara och log, det gjorde verkligen inget för hon hade varit på posten dagen innan och

växlat till sig två stycken släta fina ovikta tio kronors sedlar
som inte var använda, en var till Anna och hennes syster
Monica.

Anna kunde liksom inte hålla det inom sig, det hon "såg eller
hörde", det kom bara ut ur hennes mun. Det var som om
någon kommunicerade med Anna i hennes huvud och hon
fick reda på saker innan andra visste om vad som skulle ske
eller hända framöver.

När Anna var några år äldre var hon på skridskobanan och
åkte skridskor med barnen från området som hon bodde i.
 Monica, hennes äldre syster, kom för att hämta hem Anna
tidigare än vad som var bestämt för dagen.
-Mamma säger att du ska komma hem nu Anna.
-Nej, jag vill inte, jag skulle få vara ute längre, har mamma
sagt.
-Kom nu, mamma sa att jag skulle hämta dig, sa Monica
-Jag vill vara kvar och åka skridskor, sa Anna.
-Anna kom nu! Mamma sa att vi måste åka till mormor och
morfar, sa Monica med bestämd röst.
 Så fort Monica sa ordet morfar så fick Anna ett meddelande i
huvudet, det var en röst i hennes kropp som sa "morfar har
dött".
Anna åkte på skridskorna till Monica och sa till henne.

-Jag vet att jag måste gå hem nu för morfar har dött, sa Anna.

-Anna, du vet att du inte får prata så där, sa Monica med skarp ton till henne. De båda systrarna gick tysta hemåt.

När Anna och Monica kom innanför dörren hemma så stod mamma Kerstin i hallen och grät.

-Vi måste åka till mormor, för morfar har nyss avlidit, sa mamma Kerstin.

Monica tittade på Anna men sa inget utan började gråta.

Anna och hennes man Lasse hade flyttat ut på landet för några år sedan. Tidigare hade de bott i ett radhus som låg i en förort utanför stan. Anna blev stressad av miljön runt omkring henne, alla bilar som trafikerade gatorna dygnets alla timmar, människor som rörde sig fram och tillbaka från morgon till kväll. Hon kände av stress från hela miljön, det var som en inre stress i Anna, hon behövde lugn energi i sin kropp kände hon. Anna lyssnade in kroppen så gott hon kunde och försökte leva därefter. Men det var inte så lätt när hon jobbade så gott som full tid på sitt arbete, och hade familj.

Hon hade börjat titta på hemnet efter ett hus till familjen. Lasse och hon hade börjat prata om att det var dags för en förändring. Det skulle inte vara hållbart att fortsätta att leva som de gjorde. I många år hade de drömt om att ha ett eget hus med en trädgård där barnen kunde springa in och ut, kanske en hund också. Pyssla med blommor och ta hand om trädgården, både hon och Lasse tyckte om att vara utomhus och natur nära.

Anna hade också känt att hon inte orkade lika mycket, hennes kropp krävde mer återhämtning än när hon var yngre. Hon behövde mer tid för sin hälsa.

Anna visste inte riktigt hur det skulle se ut framöver utan litade på att hon fick vägledning av sin inre röst, och den

kärleksfulla rösten från universum. Det fanns så många olika
hus på hemnet men Anna och Lasse var i alla fall överens om
att det skulle vara ett mindre hus utan källare. Anna hade en
dröm om ett äldre hus likt det hennes mormor och morfar bott
i och som hon vistades i mycket som barn. Ett enkelt hus,
gärna äldre med gammaldags trädgård med äppelträd och
bärbuskar. Pioner och löjtnantshjärta, en gräsmatta med
bellisar, förgätmigej och gullvivor i hade varit en dröm, tänkte
Anna. Att renovera var inget hinder för Anna och Lasse, för
att sätta sin egen prägel på huset skulle bara vara roligt tyckte
dom.

Anna älskade att gå på loppisar, hon hade samlat på sig saker
som de skulle ha i sitt framtida hus. Sakerna hon drogs till var
oftast gamla, som en gång när Anna såg en gammal kol spade
på loppisen i stan som familjen besökte.

-Åh, vilken fin, utbrast Anna.

-Vad ska du med den där gamla spaden till, undrade Lasse.

-Den ska vi ha i vårt hus som prydnad.

-Vilket hus? undrade Lasse.

-Det vi ska köpa, sa Anna och log.

-Har du hittat något hus på nätet till oss?

-Nej, men den här spaden kommer passa perfekt i vårt
blivande hus, sa Anna.

Lasse suckade och skakade på huvudet. Anna svarade hans suckande och sa.

-Allt har sin tid, vi kommer att hitta det perfekta huset till oss, sa hon.

Hon fick en känsla av att Lasse kunde tycka att hon var lite jobbig ibland, som bara svävade iväg och planerade för saker i framtiden. Utan att veta exakt vad som skulle ske framöver. Lasse och hon var så olika, men det var väl det som gjorde att de kompletterade varandra så väl.

Det var många husvisningar innan de hittade ett hus, ja Anna och Lasse var med och budade på några hus till och med. Varje gång det gick i stöpet tänkte Anna, det här huset var inte meningen för oss, det kommer ett hus som är bättre för oss framöver.

När Anna väl hittade deras hus på hemnet så trodde hon inte att Lasse ville bo i det, då det var ett äldre torp, för han ville gärna ha ett modernt hus. Torpet hade röd panel med vit snickarglädje runt fönster och dörrar. På tomten fanns det flera byggnader, ett litet stall med höloft, en friggebod, en lekstuga och ett hemmabyggt uterum hus. Anna kände direkt i hjärtat att här ville hon bo och pyssla i ordning alla hus på den lilla gården. Anna trodde att Lasse inte skulle tycka om gården med alla hus eftersom det var så gammaldags. Men han var positivt inställd till gården så de åkte iväg för att titta på det.

Huset låg på en gata med flera äldre hus och bakom huset var det en skog. Dessutom så låg gården på en hörntomt med en syren häck runt om. Anna bara älskade allt med huset och trädgården, läget var också bra. Lasse var konstigt nog också förtjust i gården.

De sålde sitt radhus och det var märkligt nog ingen mer som var intresserad av huset och gården, så det blev deras. Anna var överlycklig och Lasse var glad. När renoveringen började var båda noga med att huset skulle ha torpar känslan kvar. Det målades och de bytte några dåliga fönster till nya, de byggde ett till sovrum på övervåningen i det stora allrummet så barnen fick egna rum. Lasse var snickare och gjorde det mesta själv med Annas hjälp på kvällar och helger när han inte arbetade.

Det var en liten by som Anna och familjen flyttade till. Människor från bygden stannade ofta på sina promenader och pratade när Anna var i trädgården och arbetade. En del uttryckte sin tacksamhet för att Anna och Lasse tog sig an gården som hade legat i dvala några år efter att ett äldre par hade bott i huset. Lasse målade alla hus utvändigt och tog sig an plåttaket på deras boningshus.

En dag kom en äldre kvinna med sitt barnbarn, de stannade till och började prata när Anna krattade löv vid stallet på gården.

Anna och kvinnan småpratade när den lilla flickan, som var ungefär i fem årsåldern, plötsligt sa.

-Varför är det en man som har hängt sig där uppe? sa flickan och pekade på höskullen.

Den äldre kvinnan blev generad och arg på en och samma gång, sa till flickan att så där får man inte säga, usch hur du pratar.

Anna böjde sig ner och svarade flickan.

-Ser du en man som har hängt sig på höskullen? I så fall var det nog för länge sedan det skedde. Det finns ingen man där nu i alla fall.

Flickan log lite osäkert mot Anna.

Anna vände sig mot den äldre kvinnan och sa att det inte gjorde något att den lilla flickan sa som hon gjorde.

Det kanske hade varit en man som hängt sig på höskullen, vem vet? sa Anna.

Kvinnan tog den lilla flickan i handen och tittade argt på Anna, med bestämda steg gick hon därifrån utan att svara henne. Tankarna for runt i huvudet på Anna, hon började tänka tillbaka när hon var barn och inte fick prata som hon ville för de vuxna i hennes omgivning. Flickan talade bara om vad hon såg eller kände precis som Anna gjorde när hon var liten.

Anna fortsatte att kratta ihop löven på gårdsplanen och
började tänka på sin skoltid som barn, när hon hade den
kärleksfulla röstens närvaro med sig. Rösten som var till hjälp
för Anna, hon hoppades att den lilla flickan som hon hade
träffat också hade en kärleksfull närvaro med sig.

I skolan hade Anna hjälp av bilderna som kom till inne i
hennes huvud. Matematik var ett av Annas favoritämne och
hennes fröken i skolan hade varierad undervisning, inte bara i
matematikboken.Fröken tränade huvudräkning med klassen
och det passade Anna alldeles utmärkt. Oftast stod fröken vid
svarta tavlan och skrev siffror 178-35+62-44+8=. Redan när
fröken talade om att det var dags för huvudräkning rebus vid
svarta tavlan så fick Anna ett tal i sitt huvud, det kom som en
bild till henne och den här gången stod det 169.
Hon bara visste att det var rätt svar det kändes i hela henne.
Men hon hade lärt sig att inte förivra sig med att svara utan
väntade tills någon annan hade svarat innan henne. För om
hon var för snabb så skulle hon redogöra sin uträkning för
fröken, och det kunde hon inte utan hade bara ett tal i huvudet.
Svaret kom så snabbt till Anna så hon hann inte med
uträkningen på talet som stod skrivet på svarta tavlan. Eller så
svarade hon fel tal ibland för att låtsas som om hon hade
räknat fel. Anna hade lärt sig att inte sticka ut och svara rätt

alla gånger, för även om hon visste att hon fick rätt svar från bilden i huvudet så hade hon lärt sig av sin närmaste omgivning att det inte var bra att förmedla allt hon såg eller kände. Så Anna svarade fel för att vara som alla andra och inte utmärka sig.

Men när hon räknade i matematikboken så lät Anna bilderna i huvudet svara och hjälpa till, det var så mycket enklare och inte lika tråkigt att räkna sida upp och sida ner med samma räknetal. Och dessutom så kände Anna alltid en slags närvaro av någon när hon fick bilder eller hörde en röst som pratade till henne, i hennes huvud. Samma närvaro som när hon var fem år och gick ut med deras valp för första gången. Anna visste att hon inte var ensam utan hade någon med sig på ett kärleksfullt sätt. Någon som inte gick att se för blotta ögat, men fanns där som ett starkt ljus likt en rörlig sol som Anna kommunicerade med.

Det var en trygghet för Anna att veta att hon alltid hade med sig någon, även om hon inte kunde se vem det var. Och det var ju inte under dygnets alla timmar som hon kände närvaron av ljuset utom oftast när hon behövde det eller ibland bad faktiskt Anna om hjälp av ljuset. Vissa stunder kom det bara till henne helt utan förvarning eller att hon ens bett om det, men det var alltid med kärlek och en upplyftande kraft ljuset kom med, till Anna. Och hon älskade närvaron, det var så rent och enkelt, inget krångel eller tillsägelse om att hon var fel eller annorlunda. Hon fick vara sig själv rakt upp och ner, som hon var helt enkelt, och hon kände sig trygg och älskad.

Anna såg att det inte rök ur skorstenen längre, så hon ställde

ifrån sig krattan och gick in i köket för att lägga in mer ved i

järnspisen. Hon bestämde sig för att koka en kopp kaffe.

Kaminen nyttjades flitigt i köket för att värma upp huset, och

Anna älskade att sitta framför vedspisen och titta in i elden.

Det fanns inte en rak linje i torpet, allt var snett och i köket

skilde det sig sju centimeter från ena sidan till den andra i

takhöjd. Anna tyckte det var charmigt, dessutom var ju

takhöjden låg precis som det skulle vara enligt henne själv.

Hon hade tagit med sig alla sina loppisprylar som hon samlat

på sig genom åren. Flera kannor och skålar, gamla saxar och

en visp som man veva på sidan, som inte behövde el. Den

gick alldeles utmärkt att vispa grädde med, tyckte Anna.

Plåtburkar av alla dess slag hade hon samlat på sig, de ställde

hon på hyllan ovanför fönstret som gardinstången satt i. Fast

Anna hade inga gardiner i deras torp för det fanns så fina rosa

rutiga rullgardiner med handgjord spets på nertill som förra

ägaren lämnat kvar. Anna inredde efter en känsla hon hade,

allt hon samlat på sig var som klippt och skuret för torpet.

En gammal vän till Anna kom på besök och fick en

rundvandring på gården och i torpet. Anna berättade om deras

planer och renoveringar av gården, att det var viktigt att

behålla den gamla stilen och torpar känslan. Efter rundan
utbrast vännen.

-Torpet är som ett museum med alla gamla saker, och du Anna
passar in här på torpet.

-Var det Talliden torpet hette, sa vännen.

-Ja, jag är Anna på Talliden, sa hon och skrattade.

-Men du, det är som ett dockskåp. Allt på rätt plats tycker jag,
sa vännen.

-Ja, var sak har sin plats, sa Anna och log.

Anna älskade faktiskt sitt torp, fast det var snett och inte en
rak linje någonstans. Energin på hela gården tilltalade henne,
den var bekant på nåt vis, tyckte Anna. Det var en kärleksfull
energi som påminde om ljuset Anna upplevde som barn.
Första tiden i torpet bodde Anna och Lasse i rummet intill
köket som egentligen skulle bli vardagsrum. För ett rum i
taget renoverades och deras blivande sovrum var först ut. Ofta
när Anna var i rummet intill köket så fick hon en känsla av att
någon gick utanför huset på grusgången upp mot stallet. Anna
vände sig om och kunde se kvinnor gå armkrok med varandra.
Deras klädsel var gammaldags, långa kjolar med förkläde och
en sjal över axlarna. Det var män också som gick förbi i byxor
och skjorta med gammaldags stil. Anna förstod direkt att det
var en närvaro från en annan tid hon såg. Ibland vid första
anblicken kunde hon inte förstå, att det hon såg var filmer och

bilder i sitt inre som utspelades, det var så verkligt för henne.

Men hon tyckte om att se människorna gå på hennes gård arm

i arm.

Det fanns en gård en bit bort från hennes torp. Hon tänkte att

människorna gick dit, fast det var ju så många som kom åt

gången, tänkte hon undrande. Anna sa inget till Lasse om vad

hon såg för hon tänkte att han kanske skulle bli rädd. Hon var

inte säker på att det hon upplevde skulle vara lika naturligt för

Lasse. Han kanske skulle uppfatta det som om det spökar på

deras gård.

I trädgården fanns det mycket att ta itu med, Anna var ute

varje dag och tog hand om den. Hon hade fått sin gammeldags

trädgård som hon hade önskat sig. Det enda det inte fanns gott

om var gullvivor och förgätmigej, men det fanns uppe i

skogen bakom torpet där Anna ofta promenerade längs

stigarna.

En dag när Anna var i trädgården och arbetade stannade en

äldre dam och frågade om hon fick ta några äpplen av

fallfrukten som låg på marken. Den äldre damen berättade att

hon var född i byn men hade flyttat och var på tillfälligt

besök, och passade på att promenera i sina gamla hemtrakter.

Damen hade fått äpplen av tidigare ägare som bodde i torpet,

berättade hon för Anna. Anna bjöd in henne i trädgården, och

den äldre damen började plocka fallfrukt.

Anna tog ner några stora fina Alexander äpplen från trädet och gav dem till damen. De småpratade när damen helt plötsligt säger.

-Ja, tänk att jag gick till dansbanan som låg här uppe i skogen när jag var ung.

-Låg det en dansbana här ovanför i skogen, sa Anna förvånat.

-Ja, men den är borta sedan många år, inte ett spår kvar. Allt har växt igen.

-Men gick du här då på min grusgång på gården, undrade Anna.

Och tänkte på sina bilder hon sett för sitt inre med människorna som promenerade på hennes grusgång utanför torpet från en svunnen tid.

Nej, sa damen och småskrattade.

-Vi gick utanför din tomt vid Syrenhäcken, på stigen.

Du vet det finns en stig precis bakom ert stall vid staketet ni har, men den kanske också har vuxit igen, sa damen.

-Ja, nu när du säger det så finns det nog spår kvar av stigen, sa Anna.

-Ja, det var tider det, sa damen.

Anna log och tänkte på alla människor hon såg gå utanför sitt torp på grusgången, kanske var det dansbanan de hade varit på väg till.

-Tack snälla du för äpplena, sa damen

-Det var så lite så, sa Anna

Damen gick sin väg och Anna fortsatte med sina trädgårdsbestyr.

När Lasse kom hem och innanför dörren kunde inte Anna hålla sig utan började direkt att berätta om damen som hade stannat till och börjat prata och fått med sig äpplen från deras äppelträd. Anna pratade på och nämnde också att hon sett människor gå utanför deras torp uppför grusgången mot stallet. Hon berättade allt i ett svep utan uppehåll. Lasse stod bara och tittade på henne och lyssnade tålmodigt, och Anna avslutade med.

-Lasse, jag har inte velat berätta om människorna för dig, jag tänkte att du skulle bli rädd av att det spökar på vår gård, sa hon och tänkte att nu blir väl han trött på henne igen.

Men Lasse svarade lugnt.

-Jag har också sett dom där människorna här utanför grusgången.

-VA! sa Anna och förstod ingenting.

Lasse hade aldrig sagt att han sett eller hört något inom sig som Anna gjorde. Hon blev så förvånad.

-Ja, jag har blivit synsk sen vi flyttat hit, sa Lasse och började skratta.

-Men Lasse skojar du med mig, sa Anna lite skrattande.

-Nej faktiskt inte, sa Lasse lite mer i allvarlig ton.

-Det är något konstigt här med gården och alla husen, sa han.

-Ja, det är en speciell plats, jag kan förstå vad du menar. sa Anna.

-Det känns som om torpet talar till oss, ja faktiskt hela gården, sa Anna.

-Mm, sa Lasse.

-Men Lasse, sa Anna undrande, hur tycker du att människorna ser ut som går förbi här då?

-Snälla Anna, jag ser nog inte lika mycket som du ser och hör, jag har bara sett skymten av någon ibland.

-Ja ha, då vet jag, sa Anna.

Anna förstod att det blev nog lite för mycket för Lasse att ta in på en gång, men hon blev glad inombords av att gården och dess miljö hade fått Lasse att öppna upp sitt medvetande mer.

Renoveringen av torpet flöt på, de tapetserade och målade rum efter rum. Anna tyckte om att planera hur rummen skulle bli, vilka möbler som skulle vara i respektive rum. Det hade blivit lite pengar över från försäljningen av deras radhus i storstan som Anna och Lasse använde till renoveringen. Några nya möbler blev det också till torpet och några loppisfynd som Anna hade inhandlat. Köket var fyrkantigt med fönster åt vardera håll. Anna tänkte att en köksingång vore praktiskt så hon kunde stiga rakt ut i trädgården. Hon och

Lasse kom överens om att sätta in två glasdörrar i köket där
ena fönstret var. De åkte iväg till en bygghandel i närheten
och valde ut ett par dörrar. Några dagar senare kom en
hantverkare och skulle sätta in dörrarna. Anna var spänd och
nyfiken på resultatet så hon var i rummet intill köket medan
hantverkaren började ta bort det befintliga fönstret. Han
började bända och ta bort fönstret och efter en liten stund
ropade hantverkaren på Anna.

-Du, det här går enklare än vad jag trodde, sa han.

-Jasså, sa Anna.

-Det har varit en dörröppning här tidigare ser jag, sa han.

-Ja ha, vad spännande, sa Anna.

-Jag som trodde jag skulle få använda motorsågen, jag såg
fram emot att få såga i timmerväggen, sa hantverkaren med ett
leende.

-Så tråkigt att du inte får använda din motorsåg idag då, sa
Anna och log tillbaka.

Hantverkaren fortsatte att bända upp de sista träbitarna
nedanför där fönstret hade suttit och gjorde en stor fin
öppning ut mot trädgården.

-Åh, vad det här kommer att bli bra, sa Anna till hantverkaren.

-Ja, huset får tillbaka sin gamla stil igen, sa han.

-Det är som om torpet talade till oss och ville ha tillbaka
dörrarna, sa Anna.

-Ja, gamla hus har en själ sägs det, sa han

Resultatet blev precis som Anna föreställt sig, rätt dörrar på rätt plats. Bilden som hon fått i huvudet stämde överens med det färdiga resultatet. Hon var mycket nöjd.

Anna kunde komma på sig själv ibland när hon låg och vilade eller hade lagt sig i sängen för natten att hon flög runt i huset och planerade för hur rummen skulle bli iordningställda. Ja, hon flög, lättade liksom från sin kropp och kunde ta sig till ett annat rum i torpet.

Det var bekvämt tänkte Anna för sig själv. Då slapp hon gå från rum till rum. Flyga var enklare och lättare att få överblick av rummet och se var alla möbler skulle vara och vilka färger som passade i rummet.

Anna hade lärt sig flyga som barn, men det var länge sedan hon flög, mindes hon. Nuförtiden flög hon väldigt sällan.

När Anna var nyfödd fick mamma Kerstin veta av barnläkaren på BB att Anna var blue baby. Läkaren hade gjort en vanlig rutinundersökning men hörde genom sitt stetoskop när han lyssnade på Annas hjärta att det var något som inte stämde. Läkaren sa att Anna var blå om läpparna och om sina naglar med. Det ledde till många kontroller och undersökningar inom sjukvården för Annas del. Och Anna var född på nittonhundra sextiotalet, på den tiden var det skillnad på hur sjukvården var gentemot i dag.

 Ofta pratade personal på sjukhuset över Annas huvud och inte med henne när undersökningar skulle utföras för att se hur Annas lilla hjärta såg ut. Mamma Kerstin förklarade inte så noga heller för Anna vad som skulle ske, så gjorde man inte då på sextiotalet. Anna fick bara lyda och göra som hon var tillsagd.

Det fanns vänliga läkare och sjuksköterskor men det var aldrig någon som förklarade eller talade om för Anna vad som skulle göras. Och det var inte alltid mamma Kerstin fick vara med på undersökningarna och hålla Anna i handen. Anna var så gott som naken eller till och med fastspänd vid vissa undersökningar. Hon fick dricka tjock, trögflytande kontrastvätska som smakade illa och var svårdrucken.

Det var då Anna lärde sig att flyga.

Hon flög ur sin egen kropp och upp mot taket i undersökningsrummet. Hon kunde titta ner och se sig själv ligga på undersökningsbordet nere i rummet, hon kunde se vad läkaren gjorde i rummet eller när sköterskan höll henne i handen. Det var enklare för Anna att se allt ovanifrån än att vara närvarande här och nu i rummet. Det blev inte lika smärtsamt för henne.

Anna gjorde många undersökningar genom åren, även en del ingrepp gjordes med. I början av undersökningarna då Anna var liten så flög hon inte så långt, mest bara i rummet ovanför sig själv och såg det som pågick i rummet. Ibland flög hon ut från rummet och ut i korridoren utanför när det blev för smärtsamt för henne. Men med tiden började hon att flyga längre och längre bort. Först tyckte Anna det var läskigt att lämna rummet eller korridoren utanför, för hon visste inte var hon skulle hamna någonstans, eller om hon skulle stöta på någon annan på vägen. För tänk om någon skulle se att hon flög när hon gjorde sina undersökningar, vad skulle ske då? Hon förstod att det här skulle hon inte berätta för någon, ingen skulle tro henne ändå. Hon som var så full av fantasier enligt de vuxna i hennes omgivning. Med tiden bestämde sig hon för att flyga längre bort i korridoren och ut, ut någonstans.

Varje gång Anna flög så kände hon att den kärleksfulla
närvaron var med henne. Hon var inte ensam. Det var kanske
därför hon tog sig mod att flyga längre bort. Det var en
balansgång mellan rädsla och lycka varje gång hon flög. När
rädslan tog över var det som om hon störtdök ner och tillbaka
i sin egen kropp.

Hon blev en skicklig flygare efter många undersökningar, hon
flög iväg till platser hon aldrig varit på tidigare. Hennes
favoritplats var rakt upp i universum till en liten stad som var
omringad av en stenmur där det växte fantastiska växter av
alla dess slag. Stora blommor i alla dess former som slingrade
sig upp på muren. Innanför muren var det som en stor
trädgård med träd och växter i full blom. Allt var prunkande
grönt och blommande. Hon älskade att vara där i trädgården,
den tog liksom aldrig slut. Blommande blommor och buskar
fanns i överflöd. Träden var gigantiska och välväxta, allt var
så vackert, tyckte Anna.

Det fanns människor i vita långa skjortor och vita byxor som
gick omkring och samtalade med varandra. På några bänkar
som stod på rad satt människor och lyssnade på en man som
föreläste för dem. Och ingen gjorde någon notis om Anna,
kanske var hon osynlig? Hon visste inte. Men det var som om
de inte riktigt la märke till henne när hon var i dess närhet i
den oändliga trädgården.

Hon hörde aldrig vad människorna pratade om, men det bekom henne inte.

Hon kände samma kärleksfulla närvaro från människorna i trädgården som hon gjorde när hon kände rösten inom sig eller fick sina bilder i huvudet. Hon kände sig trygg och det var vilsamt att vara i trädgården.

Ibland hände det att hon fick störtdyka tillbaka i sin kropp när en sköterska ropade hennes namn.

Anna, Anna, vi är klara nu. Oftast kunde hon stiga ner i kroppen precis i rättan tid innan undersökningen var klar.

Anna vaknade med ett ryck, vad var klockan?

Sömnen hade inte varit så god de senaste nätterna, för Anna låg och tänkte på sitt nya jobb.

Hon hade sagt upp sig från sitt gamla jobb i storstan när hon och Lasse flyttade ut till byn på landet. Det skulle ta för mycket tid att sitta och pendla flera dagar i veckan till jobbet, hon ville jobba nära deras nya hem och lätt ta sig till och från jobbet. Det skulle också bli bättre för barnen, tänkte Anna. Att flytta ut på landet var inte deras enda förändring för Anna, hon ville jobba mindre och ha mer tid för familjen, att finnas till för barnen också. Anna hade ingenting emot att vara hemma och ta hand om hemmet, hon gillade att utföra hemmets alla sysslor, pyssla och göra hemtrevligt både inne och ute i trädgården. Hon bakade gärna matbröd och kaffebröd, även maten lagade hon från grunden om det fanns tid till det. Städningen hade inte heller Anna något emot, hon gillade att göra rent och fint i hemmet, känslan av att veta att huset var grundligt rengjort tyckte Anna om. Att ha undanplockat hem var en regel, var sak på sin plats. Det tyckte Anna om och underlättade de gånger någon i familjen behövde något och inte behövde leta i vild förtvivlan.

Anna trivdes inte när det var rörigt och stökigt eller allra värst var det när det var grusigt på golvet hemma, så att städa var lite av en fröjd för Anna, liksom meditativt att få rengöra rum för rum.

Blanka kranar och diskbänkar ville hon ha, noga torkade hon diskhoarna i köket och hon tog en putsduk och torkade efter så allt blev blank och fint. Anna fick ro i kroppen när det var rent och städat hemma, hon ville ha ordning och reda. Ingen skulle kunna klaga på att hon hade det smutsigt och stökigt. Anna tänkte ibland att det hade med att göra att hon kände sig så fel och annorlunda som barn, att hon inte dög som hon var. Så hon ville visa att hon minsann inte var annorlunda och konstigt trots att hon hade en stor familj med tre barn. Rent och snyggt skulle hon ha hemma så ingen kunde klaga på det också.

Klockan var tio i åtta på morgonen när Anna vaknade, hon hade somnat om direkt när klockan hade ringt tidigare. Hon kände sig inte utvilad utan var trött och gäspade när hon gick in till badrummet för att göra sina morgonbestyr.

Hon skulle hinna till nya jobbet idag även fast hon försov sig. Men Anna tyckte inte om att stressa på morgonen, hon ville ha god tid på sig att göra sig i ordning och äta frukost och dricka sitt kaffe i lugn och ro. I dag fick allt gå i ett svep, inte sitta och njuta av kaffet och titta ut genom fönstret på de vackra träden utanför och bara vara en stund innan arbetsdagen drog i gång.

Det nya jobbet skavde liksom i Anna, det kändes inte helt rätt.
Hon hade fått en tjänst på ett flick boende trettio minuter
hemifrån. Egentligen helt perfekt, nära till jobbet och
dessutom så var det inte en heltidstjänst utan Anna skulle
jobba tjugofem timmar i veckan fördelat både med kvällar och
några helger i månaden. Inkomstmässigt så skulle skillnaden
inte bli så stor eftersom det var extra betalt på kvällar och
helger. Så lönen blev inte så mycket mindre jämfört med
jobbet i storstan.

Inte för att Anna oroade sig för pengarna, det var det mest
Lasse som gjorde. Anna tänkte att det löser sig alltid, hon
hade alltid kunnat anpassa "munnen efter matsäcken" och få
pengarna att räcka till varje månad. Tid är också pengar,
tänkte Anna. Om jag kan vara hemma och baka vårt matbröd
och kaffebröd själv så spar vi en slant där. Och så började hon
att se över vad som skulle kunna sluta att inhandla varje
månad så hon kunde jobba mindre. När sköljmedlet tog slut så
testade hon att tvätta utan och det gick alldeles utmärkt, tyckte
Anna. Så hon slutade att köpa sköljmedel. Skafferiet sågs över
också, hon tänkte, vad är det vi verkligen behöver?

 En lista skrevs på olika livsmedel som hon ansåg att familjen
inte behövde och när dessa varor tog slut så köpte hon inte
hem dem längre.

För det mesta var det ingen i familjen som saknade något, men Anna hade förklarat om sitt "projekt" för familjen och var tydlig med att det fanns andra fördelar med att konsumera mindre och bara inhandla det familjen verkligen behövde. Dessutom så fanns hon ju mer tillgänglig för sin familj och kunde servera hembakat till mellanmål när barnen kom hem från skolan och det uppskattades.

Anna kände sig nöjd över att kunna spara in och handla mindre. Lasse tyckte om hur Anna tänkte när hon berättade om sitt projekt för honom, att bara köpa det som familjen verkligen behövde och tänka till en extra gång innan något införskaffades, både mat och prylar. Behövs verkligen det här?

Det blev ju mer tid för familjen när hon jobbade mindre, hon kunde förbereda middagen och ha den klar tills Lasse kom hem från jobbet, och hon var mer tillgänglig för barnen på vardagarna.

Anna såg sitt hemarbete som ett "jobb", det inbringade inga pengar men frigjorde mer tid. Och tid är pengar, tänkte Anna igen och log för sig själv.

Tröttheten som inföll sig i Anna efter arbetsdagen på flick boendet var tung. Benen var som bly och huvudet likaså. Ändå hade hon haft ett kort pass på bara sex timmar, men Anna var helt slut, kände hon. Väl hemma efter arbetspasset satte hon på en kopp kaffe och sjönk ner i soffan. Tittade ut genom fönstret på träden utanför som vajade i vinden och smuttade på kaffet. Vad är det som skaver med jobbet, tänkte Anna.

Någonting stämmer inte. Hon satt säkert en timme och tittade bara ut genom fönstret, kaffet var slut för länge sedan i koppen. Anna tog koppen och skulle precis resa sig upp när hon tittade ner i koppen. Mönstret hon såg efter kaffet i koppen var som en taggig stjärna. Filmerna kom direkt i Annas huvudet, hon såg sig själv på nya jobbet iakttagandet och oförstående i olika situationer, hon såg flickorna på boendet och hur de styrde över personalen fast det inte var tillåtet. Sen kom en röst i Annas huvudet som sa.

-Det är inte rätt plats för dig. Bestämt sa rösten så.

Anna satt helt stilla och tittade ner i kaffekoppen. Nu förstod hon varför det skavde i henne på nya jobbet. Det tog alldeles för mycket energi av henne att vara på det nya boendet för flickor. Hon kände starkt inom sig att det inte var henne det var fel på, utan något som låg utanför henne och som hon inte kunde påverka och förändra. Det var helt enkelt inte Annas uppgift. Hon var på fel plats.

Insikten sjönk ner i henne och hon reste sig och gick ut i köket för att diska kaffekoppen.

På kvällen efter att Anna hade varit ute och klippt några buskar i trädgården kände hon sig lugnare även om hon fortfarande var trött. Insikten om hennes jobb hade gett henne ett nytt slags lugn i henne, Anna tänkte på Marits ord "du lever som du lär". Orden hade slagit an i henne, Anna visste egentligen att när hon inte fick sina behov tillgodosedda som sömn, bra mat, vila och tid för reflektion så var hon inte alltid i god balans och tappade sin energi och fokus på att lyssna inåt till att höra vad hjärtat sa till henne.

I de stunderna kunde hon känna sig otillräcklig, inte bra nog, fel och till och med som en bluff inför andra. Men hon visste också att det var mänskligt att hamna i obalans och tvivla lite då och då.

Någonstans i Anna fanns styrka och mod också mitt i obalansen, viljan att leva och vara med. Med orden "du lever som du lär" som hördes inom henne bestämde sig Anna för att göra förändring igen.

Hon tänkte att nu blir väl Lasse tokig på mig när jag säger att jag måste sluta på jobbet och hitta ett nytt. För även om det var mycket som var bra runt och med jobbet så kände Anna att ALLT måste stämma. Hon kunde inte vara nöjd bara med att låta det vara som det var. Hon visste att någonstans inom henne fanns en mening med att hon skulle ha det här jobbet och lära sig något av det, men också kunna släppa taget när det var dags. Hon litade på sina insikter som hon fått och förstod att det var dags för förändring. Hon hade lärt sig att leva på mindre tack vare det här jobbet. Det tog hon med sig. Sagt och gjort, hon tog upp saken med Lasse och berättade hur hon kände och vilka insikter hon fått och vad hon lärt sig av hela situationen. Hon sa också att det är viktigt att lyssna inåt till Lasse för hjärtat mår som bäst då. Efter att Lasse hade lyssnat till Anna svarade han.

-Jaha, ska vi dra ner på ännu mer mat nu och inte äta något alls nu när du inte ska jobba då? sa Lasse allvarligt.

-Men Lasse, jag sa inte att jag skulle sluta jobba helt, sa Anna. Så började Anna skratta och sa.

-Vi kan leva på kärlek och vatten.

-Usch vad du är föränderlig ibland, Anna, sa Lasse och började skratta också.

-Har du redan sagt upp dig, undrade Lasse?

-Nej, men jag ska, sa Anna och log.

-Åh, hur ska det här gå? sa Lasse.

Anna visste att Lasse inte var lika förändringsbenägen som hon. Dessutom skulle han oroa sig för ekonomin, vilket Anna inte gjorde för hon tänkte att saker löser sig till det bästa för henne. När en dörr stängs så öppnas flera nya med olika möjligheter, det hade Anna med sig sen tidigare.

Lasse tog lite mer tid på sig och i vissa saker gjorde han inte förändring, fast Anna och han kunde diskutera hur han skulle kunna gå till väga. Vi är alla olika och har olika förmågor och oförmågor, tänkte Anna. Men inom sig så kände hon att Lasse ändå litade på henne. Hon skulle aldrig utsätta familjen för svåra situationer.

Anna tog tag i saker när det behövdes, ingenting var omöjligt för henne. Hon försökte hitta nya vägar om den hon var på tog slut eller var i fel riktning.

Ända in i hjärtat kändes det nu rätt att säga upp sig på jobbet, för Anna. Hon bestämde att följande arbetspass skulle hon gå in till arbetsledaren med en skriftlig uppsägning. Hon kände sig fri när hon hade bestämt sig, allting har en mening, du lever som du lär tänkte hon och log för sig själv.

Några dagar senare efter Anna hade sagt upp sig fick hon syn på en bil utanför affären i byn, den tillhörde kommunen som hon bodde i. Anna tänkte direkt att hon kunde ringa till den ansvarige i kommunen som hade hand om särskilda boenden i närheten av där hon bodde.

När Anna kom hem och packade upp kassarna från affären så satte hon sig vid datorn och sökte efter en ansvarig chef för särskilda boenden. Hon hittade ett namn och ett telefonnummer. Hon tänkte att det inte fanns något att förlora på att ringa ett samtal och fråga om det fanns någon tjänst ledig för henne. Hon knappade in numret på telefonen och lät signalerna gå fram. Det var en kvinna som svarade.

-Siv Malmström LSS boende.

-Hej, jag heter Anna.

Anna presenterade sig själv och talade om att hon var intresserad av en tjänst i kommunen. Siv ställde några frågor till Anna och avslutade.

-Kan du komma in till mitt kontor på fredag klockan tio?

-Javisst, det passar bra, svarade Anna.

-Vad trevligt, då ses vi på fredag, svarade Siv.

Anna kände sig upprymd efter samtalet med Siv, hon fick som ett pirr i magen, och fick en känsla av att det här kommer att sluta bra, leda till en ny tjänst. Tryggheten infann sig hos Anna, även ett lugn om att hon var på rätt väg framåt och nya möjligheter att förändras och utvecklas. En ny dörr som öppnades för henne.

Med lätta steg klev hon ut genom dörren från Siws kontor. Samtalet hade löpt på bra och Anna hade framfört sin önskan om en tjänst i kommunen. Inte heltid hade hon förklarat för Siw, utan en deltidstjänst skulle passa henne bra.

Jag behöver tid för familjen och återhämtning och mitt trädgårdsintresse, hade Anna förklarat när de träffades. Siw tyckte att hon var klok som tänkte på sig själv, men också tog tid till det som var viktigt för henne.

-Jag måste säga att du verkar vara mycket klok och veta vad
du vill, Anna, sa Siw.

-Tack, svarade Anna.

-Det är inte alla som vet vad de vill och hur de ska prioritera
sina liv, men du tycks ha full koll på ditt liv, fortsatte Siw.

-Jag har lärt mig genom åren av mina erfarenheter, och lyssnat
på vad min kropp säger också. Det har inte alltid varit enkelt
eftersom livet är ständigt i förändring, svarade Anna.

-Livet är inte alltid så enkelt, men jag förstår att du är lyhörd
för vad du behöver. Det är en egenskap vi uppskattar i det här
arbetet med våra klienter, sa Siw.

Anna log tillbaka. Tjänsten hon blev erbjuden var ett
långtidsvikariat. Det var en halvtidstjänst och det fanns även
möjlighet att få arbeta extra på olika uppdrag. Papprena blev
påskrivna direkt, Anna kände känslan av lätthet och förstod att
det här var rätt beslut, så det fanns aldrig någon tvekan till att
dra ut på det hela.

Det bubblade i Anna av välbehag, nu skulle Lasse bli glad att
allt hade ordnat sig till det bästa för dem.

När hon kom hem satte hon på en av sina favorit cd-skivor,
Bob Marley, och tog fram alla ingredienser, ägg, smör, mjöl,
hasselnötter och allt som behövdes för att baka deras
favoritkaka. Bakningen gick som en dans, kakan blev hög och
fin, Anna tog några danssteg i köket och kände sig så glad i

hela kroppen. Hon tog telefonen som låg på köksbordet och skrev ett sms till Lasse.

"Idag ska vi fira, jag fick jobbet." Puss"

Tog bara någon sekund så kom det ett sms tillbaka från Lasse.

"Wow, puss"

Lasse var alltid så upptagen på sitt jobb så hon förväntade sig inte något långt svar, det var alltid korta sms konversationer mellan dem. Anna tyckte väldigt mycket om att baka och det var kul att få bjuda familjen på deras favorit, hasselnötskaka. Den var uppskattad i familjen, det visste Anna.

När de hade ätit middag kokade Anna kaffe, tog fram koppar och favoritkakan och ställde på bordet.

-Mm, så god, sa Lasse och mumsade på kakan.

-Ja, den är himla god, svarade Anna.

-Det var bra att du fick en tjänst, kanske var det din utbildning som avgjorde det hela, sa Lasse.

-Ja, den kan ha haft betydelse, svarade Anna och tog en bit av kakan och sköljde ner med kaffet.

När Anna och familjen bodde i storstan så hade hon valt att studera i tre år. Tidigare hade hon haft jobb i livsmedelsbranschen i många år men det var fysiskt tungt med många lyft och hennes kropp sa ifrån. Hon var redo för något annat än att arbeta med kött, chark och fisk, visserligen var hon styckmästare och hade även utbildats inom fisk och skaldjur, och dessutom en bra lön. Men med tiden hade hon känt att intresset svalnat och hon ville byta bransch och göra något helt annat, något som inte var så tungt kroppsligt. Människor hade intresserat Anna ända sedan hon var ung. Hennes barn hade tagit med vänner hem från skolan och då hade tanken dykt upp i henne att hon kanske skulle kunna hjälpa människor i deras liv. Både barn och vuxna.

Hon kunde känna igen sig själv i en del av barnen som kom hem till dem på eftermiddagarna efter skolan. Deras hem hade alltid stått öppet för alla barn, och Anna bakade och lagade mat så det skulle räcka till några extra munnar.

 För hon visste att det fanns barn som inte hade trygga hem. En dag kom en av hennes döttrar hem med en flicka. Flickan hade smutsigt hår och orena kläder. Annas dotter berättade när de åt mellis att hennes nyfunna vän inte haft möjlighet att duscha eller kunnat byta kläder för hennes mamma hade inte tvättat på länge och något schampo fanns aldrig hemma hos flickan. Anna lyssnade på samtalet och åt sin smörgås samtidigt, hon gjorde ingen stor sak av det hon hörde utan erbjöd flickan en dusch efter mellis. Hon reste sig och tog fram en ren handduk ur linneskåpet och tog med flickan och visade vilka rengöringsprodukter hon kunde använda i duschen.

Tog fram en ny tandborste och gav den till flickan, den är din, sa Anna och log mot henne. Dottern hade redan hunnit ta fram rena kläder ur sin garderob och talade om för flickan att de inte passade henne längre så flickan fick behålla kläderna.

 Efter att flickan hade duschat så gick tjejerna in på dotterns rum och satte sig framför spegeln och testade olika makeup. Anna frågade försiktigt flickan om hennes föräldrar bodde tillsammans. Flickan berättade att hennes pappa inte så ofta var hemma och när han var det så var han alltid onykter, och att hennes mamma inte hade något arbete utan sov mest. Hon vände sig från spegeln mot Anna och frågade henne om hon inte heller hade något jobb eftersom hon var hemma. Anna svarade att hon inte jobbade så mycket, men att hon hade ett jobb som hon gick till varje vardag. Anna gick ut från rummet och satte sig en stund i soffan, hon hörde tjejerna prata och flickan frågade hennes dotter.

-Är ni rika? De är så fint hemma hos dig?

-Vi är inte rika, mamma gillar att städa och ha det fint bara, svarade dottern.

-Aha, är det därför, svarade flickan undrande, hon fortsatte.

-Men din pappa då, är han rik?

-Nej, det är han inte, men han jobbar, så lite pengar har vi, svarade dottern.

Det gjorde ont i Anna när hon hörde deras konversation, hon kunde delvis känna igen sig själv som barn. Känslan att jämföra sig med andra, och inte kunna erbjuda något till någon annan i omgivningen. Anna hade känt sig fattig på ett sätt som barn.

Så därav hade hon valt att öppna upp sitt hem för andra barn och dela med sig av det hon kunde ge, till de barn som behövde den omsorgen.

Anna ville hjälpa människor till förändring, en treårig utbildning där man med samtalet som grund kunde stötta andra till utveckling hade lockat henne. Det hon inte var beredd på var att hon själv var tvungen att vända ut och in på sig själv först, innan hon kunde börja och hjälpa andra människor.

Egen terapi stod på schemat bland annat, hon la inte så stor vikt vid det. Men när det var dags för terapin visade det sig att det inte var så enkelt. Det tog tid och blev både tårar och skratt på sessionerna.

Att ta tag i sina invanda mönster och sakta börja förändra dem var inte så lätt upptäckte Anna och när ett mönster hade nystats upp insåg hon att det fanns flera att arbeta med, det var en livslång process. Hon insåg också hur lätt det hade varit att döma andra människor. Efter sin utbildning såg hon på människor med nya ögon.

Så med den nya tjänsten kände Anna att hon hade nytta av sin
utbildning och alla timmar hon lagt på sig själv i terapin.
Lönen blev också högre av hennes utbildningar och
erfarenheter. Hon trivdes på nya jobbet med de nya
arbetskamraterna och kunde arbeta extra nån gång då och då.

Det hade gått snart ett år sedan Anna började på sitt arbete,
hon visste att snart skulle hennes vikariat gå ut. Vid ett
personalmöte så bad Anna att få prata med Siw, hennes chef
för att höra hur framtiden såg ut för henne.
-Finns det möjlighet till en ny tjänst nu när mitt vikariat går
ut? undrade Anna.
-Jag har tittat på det och tyvärr har vi anställningsstopp i
kommunen. Men jag ser gärna att du är kvar hos oss, så jag
tänkte höra om du vill arbeta som vikarie framöver på
boendet?
Anna hade hoppats på ett annat svar, om en fast tjänst, men
svarade tillbaka.
-Jag är gärna vikarie hos er för jag trivs så bra här på jobbet.
-Vi är nöjda med dina insatser och trivs väldigt bra med dig
också Anna, sa Siw och fortsatte.
-Jag kan sätta upp dig på alla ledsagningar också så får du
ihop timmar varje månad.
-Tack gärna, det vore fint, svarade Anna.

Redan nu så arbetade Anna en hel del extra pass, nattpass. Då sov hon på boendet, oftast var det lugnt på nätterna. Det hände att någon på boendet hade svårt att sova och behövde prata av sig .Vissa månader fick hon en riktigt bra lön tack vare nattpassen. Det var tungt att arbeta nattpass för Anna, för hon var själv beroende av sin nattsömn för att få bra återhämtning. Hon kände att det var slitsamt för hennes kropp med nattpassen, blev lätt överansträngd och fick mindre ork. Men nu när hon skulle arbeta som vikarie så förstod hon att det inte var möjligt att tacka nej till nattpassen, för hon behövde timmarna de gav och pengarna till familjen. En viss oro kunde hon känna över att inte få en fast tjänst, men hon trivdes bra på sitt arbete och det låg nära hemmet. Samordnaren på hennes arbete gav henne tider för tre veckor framåt.

-Åh, tack snälla för arbetspassen, sa Anna till samordnaren.

–Ingen fara Anna, vad jag har hört så är du omtyckt på boendet både av personalen och de som bor där.

-Tack, det var roligt att höra, svarade Anna.

-Förresten, kan du ta förmiddagspasset på torsdag? undrade samordnaren.

-Javisst, jag skriver upp det i almanackan.

-Bra det kommer en elektriker som ska titta på något med elen i personalbostaden, släpper du in honom, är du snäll. Han kommer klockan tio.

Anna var lite tidigare på arbetet på torsdagsförmiddagen, hon satte på kaffe och gjorde lite extra i fall elektrikern ville ha en kopp, tänkte Anna. Strax före tio kom en bil och parkerade utanför personalbostaden, av texten på bilen så förstod Anna att det var elektrikern. Ur bilen klev en äldre man, Anna gick för att öppna dörren.

-Hej, det är du som ska titta på något med elen här hos oss? sa Anna.

-Japp, det stämmer, sa elektrikern.

-Det är bara att kliva på, förresten vill du ha en kopp kaffe?

-Tack gärna, svarade han.

Anna ställde dörren på glänt och gick in i köket, ställde fram två koppar på bordet och hällde upp kaffe i dem. Elektrikern klev på med sin verktygslåda som han ställde ner på golvet, därefter slog han sig ner vid bordet. Anna satte sig ner på stolen mittemot honom och frågade om något var trasigt i lägenheten.

-Nja, svarade han, jag ska kolla lite i elskåpet så allt är som det ska sa han och log.

-Jaha, svarade Anna.

-Ja, det har varit lite problem här i området så vi kollar att allt är i sin ordning i alla lägenheter, svarade han tillbaka.

-Ja så bra, svarade Anna och tog en klunk kaffe.

-Jag kommer att sitta i rummet intill köket och arbeta vid datorn, du kan väl säga till när du är klar så jag vet, sa Anna och tog sista klunken kaffe.

-Visst, svarade han tillbaka.

Anna reste sig, tog sin kopp och ställde in i diskmaskinen och gick sedan till datorn i rummet intill. Hon hörde hur han var i hallen och arbetade. Efter en stund kom han till hennes rum där hon satt, han stannade i dörröppningen och lutade sig mot dörrkarmen. Anna tittade upp från datorn. Elektrikern tittade på henne och sa.

-Du, det är stark strålning från alla kablar som går här igenom lägenheten.

-Jaha, det är det, sa Anna.

-Mm, det är inte bra att vara här och arbeta, sa han.

-Nähä är det inte, sa Anna och undrade vad han menade men hon hann inte mer än att tänka tanken förrän han svarade.

-Du förstår att du blir drabbad av strålningen här och det är inte bra för din kropp och själ. Ska du vara kvar här länge? Anna blev förvånad och svarade.

-Jag slutar klockan femton idag.

-Nej, jag menar du borde inte vara kvar på det här stället över huvud taget, inte i den här lokalen i alla fall. Känner du till currylinjer eller currykors? sa han.

-Nej, det gör jag inte, svarade Anna.

-Jag är intresserad av det förstår du, och jag kände att dig kan
jag vara rak på sak med.

-Jaha, sa Anna förvånat.

-Ja, jag har kontakt med jorden och dess strålning, precis som
du har någon slags kontakt med något.

Anna kände att hon blev överrumplad, men svarade tillbaka.

-Så då kan du se vad det finns jordstrålning då?

-Ja, ungefär så, och här är det inte bra, du borde inte vara här.
Ska jag se hur det ser ut hemma hos dig?

Anna tänkte att det här var en speciell man, hon fick en känsla
av att han kunde sin sak. Hon blev nyfiken och ville höra mer
från honom och svarade.

-Gärna det, fast vet du vart jag bor?

-Nej, inte din adress, sa han och log. Men jag ser det här inne,
sa han och pekade på sitt huvud. Anna log tillbaka och hann
tänka "en som jag". Mannen började berätta vad han såg inne
i sitt huvud.

Du bor i ett litet hus och har flera byggnader på din tomt. Din
tomt går upp mot en skog ser jag. Det är bra energi och fina
cyrrylinjer på tomten. Alltså jag menar att husen är bra
placerade på currylinjerna. Det är gamla hus som står där som
en liten gård, eller hur? Anna bara tittade storögt på
elektrikern och svarade ja. Hela han strålade när han talade

om hennes hus och hur de stod på hennes tomt, hans ögon lyste som om de var bottenlösa på något vis, tyckte Anna. Hon fick en känsla av att han var en gammal själ med mycket kunskap. Han fortsatte, jag ser att du har två byggnader långt upp på din tomt, den ena större än den andra.

 Det stämmer, svarade Anna. Nu blev han tyst och smålog för sig själv. Anna satt bara och tittade på honom, efter en stund sa han.

-Vet du att du har ungdomens källa till vänster om det större huset, precis där det mindre huset står.

-Nej, vad är ungdomens källa? frågade Anna.

-Det är en plats många söker och vill vara på och få god energi, sa han.

-Jaha, finns det fler sådana platser då? undrade Anna.

-Nej, de är inte vanliga men du har en sådan plats precis där lilla huset står. Håller du på med healing eller nåt liknande i det lilla huset? frågade han.

-Jag tar emot människor som är i behov av förändring och personlig utveckling, svarade Anna.

-Jaha, du är ljusarbetare med andra ord, sa han och log. Anna blev förvånad igen över den här mannen. Han hade kunnat se hennes hus och tomt och beskrivit det i detalj. Och dessutom hade han på något vis sett att hon använde sitt lilla hus till att hjälpa människor till utveckling. Anna svarade.

-Ja, jag kanske är en ljusarbetare, sa Anna och log.

-Det är inte alltid så lätt för oss som arbetar i ljusets tjänst att bli erkända. Men du ska veta att du är en av oss och jag kände direkt när jag såg dig, att hon kan jag prata med. Du vet det gör jag inte med vem som helst.

-Tack, svarade Anna tillbaka.

-Nä, nu kallar "vanliga kneget", sa elektrikern och pekade på sin verktygslåda. Tack för idag.

-Tack själv, sa Anna och reste på sig från stolen.

Han gick mot dörren och Anna följde med och stängde dörren när han gick. Anna funderade på vad hon hade varit med om, det hade aldrig hänt att någon helt plötsligt var så rak på sak. Mannen var verkligen speciell, så ungdomlig på nåt vis fast han var äldre. Han hade en särskild glöd och utstrålning. Det här måste jag berätta för Lasse tänkte Anna när hon gick och satte sig vid datorn igen och fortsatte att arbeta. På kvällen efter de hade ätit middag och satt i soffan började Anna att berätta vad hon hade varit med om på dagen för Lasse. Han lyssnade tålmodigt och sa till henne.

-Men Anna, hör du hur det här låter?

-Vad menar du? sa hon tillbaka.

-Har du berättat om det här för någon annan?

-Nej, jag har varit upptagen hela eftermiddagen på jobbet, så det har jag inte, svarade hon.

-Bra, för folk kan ju tro att du är knäpp om du säger något?

-Varför då? undrade hon lite irriterat.

-Men det fattar du väl, men inte kan du gå omkring på ditt jobb och prata sådär? Det räcker att du har människor som kommer hit till ditt lilla hus. Vad gör ni där uppe i huset egentligen? svarade han irriterat tillbaka.

Anna reste sig upp och vände sig mot Lasse.

-Vet du, jag pratar precis som jag vill och det jag ser och upplever är min verklighet. Jag kan förstå att det är svårt för dig att ta in. Men knäpp är jag inte och kommer aldrig att bli, sa Anna och gick in mot köket.

Hon tog disktrasan som hängde på kranen, blötte den och började torka på diskbänken. Hon var tvungen att göra något för att stilla sig. Efter en stund så satte hon sig på stolen vid köksbordet, tände ljuset på bordet och tittade in i lågan. Då hörde hon den kärleksfulla rösten inom sig. Allt du upplever och känner tillhör dig, dela det med omvärlden så blir den ljusare. Anna kände sig lugn ,hon reste sig efter en kort stund, blåste ut ljuset och gick in till Lasse. Han hade somnat halvliggandes i soffan, hon tittade på honom och tänkte. Alla har vi oförmågor, vi gör det bästa utifrån vår förmåga i stunden. Livet var inte alltid enkelt, men det visste ju Anna egentligen. Hennes kamp som hon hade inom sig och brottats med ända sedan hon var barn. Alla har vi väl saker med oss som vi brottas med, tänkte hon när hon såg Lasse i soffan.

Han vaknade till och tittade upp på henne.

-Jag blir så ledsen när du säger så där till mig, Lasse.

-Förlåt ,men det lät så overkligt på nåt vis när du berättade,
svarade han.

-Ja, men det var det inte, sa hon.

-Men, jag tyckte det och det kanske var därför jag sa som jag
gjorde, svarade han tillbaka.

-Ja, det är möjligt men den där elektrikern var verklig iallafall
och jag kände att han var som mig på nåt vis. sa hon.

-Ja ja, jag är trött och det har varit mycket på mitt jobb idag,
sa Lasse.

-Jag tänker i alla fall fortsätta och tala om vad jag upplever
och är med om fast det kan låta overkligt, sa Anna.

-Ja, du gör som du vill men var beredd på att andra kan
reagera. svarade han tillbaka.

-Alla har vi vår egen verklighet, sa Anna.

Lasse svarade inte utan slöt ögonen. Det var verkligen inte
enkelt, det var en svår balansgång. Hur mycket skulle hon
hålla inom sig? Och hur mycket skulle Anna dela med sig av
det hon upplevde?

När hon var i tonåren höll Anna allt inom sig och slöt sig.

Ville inte vara närvarande i det som pågick runt omkring

henne. Det gjorde att hon följde alla andra och tog sällan egna initiativ. Hon vissnade inombords utan att märka det själv.

Nu ville hon leva fullt ut, inte vara i obalans eller för den delen tappa sig själv. Livet gjorde sig påmint och var inte alltid så lätt att leva. Olika motstånd gjorde att Anna var tvungen att göra val, val utifrån dagsform.

Våga välja, och ibland misslyckas. Även att misslyckas ledde framåt, det hade Anna lärt sig.

Ett sätt att få nya insikter, bara hon stannade upp och lyssnade inåt, bara vara i nuet. Göra om, våga välja nytt.

Andra delen

Vid tioårsåldern började Anna att tvivla, tvivla på sig själv
och sin omgivning. Hon kände att hon inte passade in, hon var
fel och annorlunda. De vuxna i hennes omgivning hade påtalat
att så som Anna var, inåt kännande och att lyssna på vad
hjärtat ville säga var fel. Ofta hade Anna fått höra att hon inte
fick uttrycka sig som hon ville, de vuxna sade att hon hade så
livlig fantasi eller hittade på saker. Det gjorde att Anna slutade
att dela med sig om vad hon kände eller såg till sin
omgivning. Allt Anna upplevde hade hon inom sig, släppte
aldrig ut något till någon annan.
Det var som om hon la ner allt som skedde i henne, i en
ryggsäck och stängde den.
 Det var en obalans i Anna, tvivlet kom och hon sattes i
gungning. Ibland var det så tungt att inte få dela med sig av
allt hon upplevde eller såg och kände, så Anna kände sig sjuk
och då stannade hon hemma från skolan. Anna delade inte
med sig till någon om hur hon kände, inte ens till mamma
Kerstin. Hennes mamma var orolig när Anna uttryckte att hon
kände sig sjuk, eftersom hon föddes med hjärtfel så fanns en
oros bild kring henne.

När Anna drabbades av en riktig förkylning så reagerade hennes kropp och hjärta starkare och hon blev sjukare än vad som var normalt. En förkylning kunde vara i flera veckor, och följdsjukdomar var inte ovanligt för henne. Det tog också längre tid för Anna "att komma igen" och få tillbaka all kraft igen. Så när Anna uttryckte att hon kände sig hängig så fick hon vara hemma från skolan i några dagar och vila.

Det var aldrig någon vuxen som frågade om hur hon kände sig inombords. Så Anna berättade aldrig för någon när hon kände sig vilsen i sitt inre.

Det kom tvivel till Anna om vad det fanns för mening med livet, och varför vi var här på jorden och i vilket syfte. Det var tunga tankar för ett barn att bära.

Varför såg och kände hon en massa saker?

Varför hade hon hjärtfel?

Varför var inte hon som alla andra?

Vad var meningen med allt?

Tankarna och tvivlet pågick under vinterhalvåret för Anna. När våren kom och Anna fyllde elva år så köpte hennes mamma Kerstin en liten koloni stuga som familjen kunde tillbringa somrarna i. Anna trivdes direkt i stugan men också i naturen som fanns runtomkring. Där kunde hon lägga bort tvivlet i kortare stunder och bara vara. Det var många stugor i området och flera familjer med barn. Anna fick flera nya sommar vänner. Men hon talade aldrig om för någon av sina vänner vad hon hade för upplevelser i sitt inre.

 Anna ville vara som de andra barnen och bara smälta in, hon ville inte se och lyssna på vad som skedde inom henne, det var fel och gjorde henne annorlunda hade hon lärt sig. Hon började titta på hur de andra barnen betedde sig, vad de hade för kläder och hur deras frisyrer var. Anna härmade de andra barnen och ville vara en av dem, känna tillhörighet. En av tjejerna på hennes landställe var ofta i stallet som låg i närheten av stugområdet. Hon frågade Anna en dag om hon ville följa med till stallet. Anna hade aldrig varit i ett stall tidigare eller haft intresse för hästar. Nyfikenheten tog över och hon följde med, de började promenera mot stallet, sista biten tog de en genväg genom hästhagen. Anna var lite osäker när hon kröp mellan träribborna i staketet och in i hagen. Det fanns ett tiotal hästar i hagen som betade, men hon gick modigt med de andra tjejerna och ville inte visa sig rädd. Anna ville vara modig och göra rätt saker, inte vara annorlunda. Hon ville visa att hon var som vilken tjej som helst, inte någon med livlig fantasi eller att hon inte orkade med på grund av sitt hjärtfel. I stallet kunde hon bli någon, en ny Anna som kunde ta hand om hästar. Den sommaren lärde sig hon att rida.

Anna älskade allt som stallet innebar, kompisarna som skrattade ihop och gjorde olika saker med hästarna. Och hästarna, hästarna som Anna kände en speciell närhet till. Det var som om hon och hästen pratade ett tyst språk med varandra. Anna talade ALDRIG om hur hon kunde kommunicera med hästarna för någon av de andra tjejerna. Hon kom överens med alla hästar i stallet, men det fanns en skimmel som Anna trivdes bäst med. Det var som om de båda hade behov av varandra, hästen hade ett stort skavsår under magen som Anna smörjde in dagligen och skötte om. Hästen gav henne mod och en bekräftelse på att hon var rätt och inte fel när hon pysslade om den. Varje ledig tid åkte familjen till stugan, Anna var så mycket som möjligt i stallet med de andra tjejerna. Hon stortrivdes i stallet men även promenaderna dit började Anna uppskatta. Det fanns en genväg till stallet, en stig genom skogen, ofta så pratade tjejerna en massa på väg till stallet. Men det hände någon gång att hon gick själv till stallet på stigen i skogen och då passade hon på att bara vara och ta in allt som fanns runt omkring henne. Hon brukade känna sig lugn och glädjefylld när hon promenerade på stigen. Hon kunde känna en slags tacksamhet och tänka, vad härligt att jag får gå här och se och uppleva allt som finns här i skogen. Dofterna, färgerna, fåglarna och trädens alla viskningar. Det var som om Annas alla sinnen öppnades upp i skogen och hon kunde känna sig en uns levande för stunden.

Ibland var det mörkt på kvällen när de skulle gå hem från stallet, Anna hade inget emot att gå skogsstigen hem till stugområdet även fast det var mörkt. Hon kunde stigen innan och utan. Varje sten, varje krök och alla olika träd som fanns utmed stigen. Hon var inte rädd utan kände sig trygg i skogen, Anna var en del av skogen kände hon.

Det hände att någon av tjejerna berättade spökhistorier så de andra var rädda och ville gå stora vägen hem istället för skogsstigen. Anna gjorde som de andra, hon kunde till och med spela lite rädd fast hon inte var det. Hon gjorde som tjejerna, ville inte sticka ut eller uppfattas som annorlunda. Hon sa aldrig emot.

Efter den första sommaren ville Anna börja ta ridlektioner på ridskolan som fanns en bit ifrån där hon bodde. Vintertid var inte familjen på landstället och då skulle hon inte kunna rida, så när hon hörde att en av tjejerna skulle börja på ridskola så ville Anna också det för att bli bättre på att rida och lära sig mer om hästar. Mamma Kerstin var inte så positiv till hennes idé att börja ta ridlektioner, hon var tveksam till om Anna skulle orka kroppsligt med hennes trasiga hjärta, som hon uttryckte det. Att övertyga mamma Kerstin var inte så lätt, Anna tjatade om och om igen.

Det kommer gå bra, alldeles utmärkt, försökte hon säga så

övertygande hon kunde. Och dessutom så är jag ju med på alla

gymnastiklektioner i skolan också, fortsatte Anna. Mamma

Kerstin svarade att det kostar mycket pengar att ta

ridlektioner, det är en dyr sport. Och all utrustning som du

behöver för att kunna rida kostar mycket pengar. Anna kände

motstånd från mamma Kerstin, tänk om hon inte får börja

rida. Men hon tänkte inte ge sig, var det något hon lärt sig av

sitt hjärtfel så var det att inte ge upp utan försöka lite till.

Anna kunde vara riktigt envis när hon fick motstånd.

- Snälla Mamma, bad Anna.

-Du kan väl spela volleyboll som Monica, din syster.

Dessutom är volleyboll mycket billigare än ridning. Hon

fortsatte.

- Anna ridning är en dyr sport, ska du veta.

 Ilskan for i Annas kropp, hon ville visa hela världen att hon

kunde rida och var helt övertygad om att hon kunde bli en bra

ryttare, bara hon fick ta ridlektioner. Dessutom så kände Anna

sig hemma i stallet hos hästarna, ett inre lugn infann sig i

henne och en trygghet var närvarande i hennes kropp. Men det

vågade hon inte säga till mamma Kerstin för då skulle hon

säkert inte få ta ridlektioner på ridhuset. Frustrationen spred

sig i henne, hon fick ju inte prata om vad som helst så

känslorna höll hon inom sig och sa inget mer.

Det var sista helgen för säsongen i stugan. Anna tillbringade all tid i stallet med hästarna och de andra tjejerna. Under sommaren hade Anna lärt känna Sofia som ägde en av hästarna i stallet och bodde i ett av husen på gården. Sofia var ett år äldre än hon själv och hade haft häst ända sedan hon var liten. Anna berättade för Sofia medan de ryktade varsin häst att hon ville ta ridlektioner på stallet hemma i stan under vintern men att hennes mamma var svår att övertyga.

-Mamma vill inte att jag ska rida, sa Anna.

-Varför då, undrade Sofia.

Anna tänkte en kort stund, hon ville inte berätta om sitt hjärtfel utan svarade.

-Det blir så dyrt tycker mamma, ja med all utrustning som behövs också.

-Hjälm och stövlar finns här att låna om du vill, du kan ha det över vintern och lämna tillbaka det nästa sommar. Det är ändå ingen här och rider på vintrarna, jag är ensam i stallet då, svarade Sofia.

Anna sken upp med hela ansiktet.

-Får jag verkligen låna hjälm och stövlar?

-Javisst, det är begagnade saker som du vet, sa Sofia och log.

-Åh, det ska jag berätta för mamma så kanske jag kan börja ta ridlektioner, sa Anna leendes.

På söndagen när Anna var i stallet sista dagen för säsongen,
då kom hon och tänka på vad Sofia hade sagt dagen innan
" jag är ensam här i stallet på vintern".

Modet infann sig hos Anna och hon frågade Sofia om de
kunde ses någon dag längre fram i vinter och tillbringa dagen
i stallet. Sofia svarade glatt att hon gärna ville ha sällskap i
stallet även vintertid, och berättade att till hösten skulle det
komma två sällskapshästar till stallet så hennes egen häst inte
behövde vara ensam när alla andra sommarbete hästar hade
åkt hem. Vi kan rida tillsammans då om du vill, för det går att
rida på sällskaps hästarna. Det är ridskolehästar som gått i
pension, förstår du, sade Sofia till Anna.

Glad i hågen gick Anna hem genom skogen på stigen som nu
var välbekant för henne sent på söndagseftermiddagen. När
hon steg in genom dörren i stugan var mamma Kerstin i köket
och hon tömde kylskåpet för säsongen. Hon satte sig på stolen
vid matbordet och började berätta för mamma att det skulle
komma två nya ridhästar i stallet till vintern och att Sofia var
ensam på vintern och hade ingen att rida med.

-Jag får komma till Sofia i vinter om jag vill, sa Anna.

-Mm, sa mamma Kerstin och fortsatte att torka i kylskåpet.

-Sofia sa att jag får låna hjälm och ridstövlar också, sa Anna.

-Jaha, sa mamma Kerstin och vände sig om mot Anna och
log.

-Då kan jag börja ta ridlektioner i höst, nu när jag har utrustning menar jag, sa Anna.

Hon tillade att det bara var ett lån över vintern.

-Snälla mamma, sa Anna.

-Jag ska tänka på saken, men det underlättar ju om du får låna utrustning med tanke på att det är en så dyr sport, svarade mamma Kerstin.

Skolan hade börjat och Anna saknade stallet och stugan också, hon tyckte det hade varit så skönt under sommaren att bara kunna gå genom skogen på förmiddagen till stallet och tillbringa dagen där. Alla tjejerna som höll ihop hela sommaren saknade hon också. Det var ingen i klassen som hade häst intresse så hon var ensam om det.

 Anna försökte vara som de andra tjejerna i klassen men hon kände en viss distans till dem. Monica, hennes äldre syster hade flera kompisar, Anna härmade henne när det gällde kläder och frisyr för att hänga med. Hon kände att hon inte ville sticka ut och vara hästtjej, utan försökte smälta in och vara som de andra tjejerna i klassen. Sent på hösten började Anna känna att tvivlet kom tillbaka i henne.

Vem var hon? Hur skulle hon vara? Vad ville hon? Vad tyckte andra om henne?

Tankarna for runt i henne och hon försökte stöta bort dem så fort de dök upp i hennes huvud. En sak visste hon, och det var nog enklast att vara som alla andra och göra det som förväntades av henne.

Hösten var lång och mörk och Anna kände sig alldeles livlös, som en del av henne hade vissnat bort. Hon var tom inuti.

Efter mycket om och men så hade mamma Kerstin gett med sig och låtit Anna börja ta ridlektioner. Det var det enda Anna såg fram emot, ridningen och hästarna. Det höll henne uppe på nåt vis, kanske var det att hon kände sig sedd och behövd av hästen som hon gjorde i ordning för dagens ridning. Dessutom så hade Anna en tyst konversation med hästen, det var som de kunde prata, eller rättare sagt skicka bilder mellan varandra som en slags kommunikation. Hon kunde även känna hästens energi när hon mötte den, vilket hjälpte henne i att veta vilket skick hästen var i. Men hon talade aldrig om för någon att hon "talade" med hästarna i stallet.

För det mesta åkte Anna buss till ridskolan, det tog ungefär fyrtiofem minuter, det var få gånger mamma Kerstin skjutsade henne med bil. Anna kände sig stolt i sina ridkläder när hon åkte till ridskolan. Hon hade lånat en begagnad hjälm och ett par ridstövlar, Sofia hade även letat fram ett par urvuxna ridbyxor som Anna fick låna över vintern när hon och mamma Kerstin hade varit och hämtat utrustningen hos Sofias familj.

Lyckan var oändlig hos Anna, äntligen skulle hon få lära sig
att rida på riktigt på ridskolan.

Mamma Kerstin tackade Sofias föräldrar för att Anna fick
låna utrustningen. Sofias föräldrar erbjöd sig att Anna kunde
få komma på jullovet och övernatta hemma hos dem, så kunde
tjejerna rida tillsammans på dagarna. Glädjen i Anna var
gränslös, tänk att hon skulle få komma hem till Sofia och få
bo där en natt och få tillbringa dagarna i stallet. Det var som
en dröm för Anna, hon var så glad att Sofia berättade om
Anna och hennes behov av ridutrustning som ledde till att hon
skulle få tillbringa en del av jullovet där. Helt fantastiskt
tänkte Anna och log för sig själv.

Nu var jullovet inte långt borta och Anna längtade efter att få
träffa Sofia. Mamma Kerstin hade pratat med Sofias föräldrar
i telefon om övernattningen och Anna och Sofia hade också
samtalat en stund. De pratade om hästarna och vart de skulle
rida någonstans. Det enda Anna såg fram emot var
övernattningen hos Sofia, det fick henne att orka gå till
skolan. När den hårda kalla rösten kom i Anna och sa att hon
inte dög som hon var, så försökte hon att stöta bort den. Det
var inte alltid hon lyckades utan kunde ligga sömnlös i flera
timmar och tänka att hon var "fel" innan hon somnade. Ibland
försökte Anna drömma sig bort till skogsstigen på landet, hon
försökte påminna sig och ta in och känna alla dofter som hon

hade känt under sommaren, för att tänka bort annat hon hade i tankarna. Men det lyckades bara en liten stund sen var tankarna tillbaka så hon gav upp.

En nervositet började infinna sig hos Anna när hon skulle packa sin väska. Vad skulle hon ha med sig? Vilka kläder förutom ridkläder? Vad hade Sofia för kläder? Skulle Anna sticka ut för mycket med sina kläder? Tankarna for runt i henne, hon kunde inte komma till ro med packningen utan tog det enklaste hon hade och la ner i väskan.

Vägen ut till Sofia kändes evighetslång fast hon åkt den så många gånger på sommaren. Anna var nervös.

 Mamma Kerstin parkerade deras bil nedanför huset som Sofia bodde i. Anna hade fjärilar i magen nu. De gick upp mot huset, steg upp på farstubron och mamma Kerstin knackade på dörren. Det var Sofias mamma som öppnade dörren, hon log välkomnande och bad dem stiga in. Sofia stod bakom sin mamma precis som Anna gjorde. Mammorna pratade medan Anna hängde av sig kläderna, de pratade om väder och vind men kom överens om att mamma Kerstin skulle hämta Anna på eftermiddagen dagen efter. Anna sa hejdå till sin mamma och Sofia bad Anna att följa med upp på hennes rum. De gick upp för den knarrande trappan till övervåningen. Rummet som Sofia hade var stort med utsikt mot stallet och hästhagen, ett skrivbord stod framför fönstret och det fanns en fåtölj med hjul och fluffiga mjuka dynor i en hörna av rummet. Sängen stod en bit ifrån fönstret med en bokhylla nedanför fotändan. Anna hade sett en sån där fåtölj i en av Monicas Starlet tidningar så hon visste att den var modern. Kläderna som Sofia hade på sig var också moderna och hon hade långt brunt hår klippt i senaste frisyrmodet. Anna kände sig lite illa till mods. Hon visste inom sig att Sofia aldrig skulle komma hem till henne och övernatta, för vad hade Anna som hon kunde erbjuda?

Anna delade rum med sin mamma och något eget skrivbord hade hon inte, och läxorna gjordes i köket. Någon bokhylla med hästböcker eller prydnadssaker fanns inte heller i hennes sovrum, och verkligen inte någon utsikt över ett eget stall med hästar i. Anna kände sig som en bluff. Var hon en hästtjej? Anna hade ju ingenting av det Sofia hade, inte ens egen utrustning att rida med. Tystnaden kom över henne som en blytyngd, hon satte sig i den fina mode fåtöljen och sneglade ut genom fönstret ner mot stallet. Tänk om hon inte skulle klara av att rida på hästen som fanns i stallet till hennes förfogande.

Sofia satte sig ner på sängen och efter en stund i tystnad frågade hon Anna om de skulle gå ner till hästarna.

-Mm, svarade Anna lite mumlande.

Sofia måste ha känt av osäkerheten och tvivlet i Anna och sade.

-Vi har gjort julfint i stallet, ska vi gå ner och titta?

De reste på sig och gick ut ur rummet och ner för trappan till hallen och började att ta på sig ytterkläderna. Då ropade Sofias mamma från köket att hon hade börjat tillaga lunch och att de inte skulle vara borta så lång stund. Tjejerna tog sig ut på farstun och började småspringa ner till stallet. Sofia saktade in farten och och talade om för Anna att de hade ändrat ingång till stallet. Medan de gick förbi den gamla stalldörren som var stängd så berättade hon att hennes pappa hade byggt om inne i stallet under hösten. Anledningen var att det var så kallt i stallet på vintrarna, så nu hade han delat av stallet och isolerat det så det blev varmare inne på vintern. Sofia stannade till vid nya stalldörren och öppnade upp den för Anna. De klev in och Anna stannade till mitt på stallgången och tittade storögt runt. Det var fyra stora boxar längst in i stallet, och precis innanför dörren till höger var det ett utrymme med vattenho vid en mindre diskbänk som var till för att göra rent hästarnas utrustning. Där fanns även plats för träns och sadlar och diverse andra prylar. Till vänster var det ett utrymme med en dörr med ett fönsterglas i. Sofia tog tag i Annas arm och gick mot dörren. Kom, så ska jag visa vad som finns därinne. Hon släppte Annas arm och öppnade dörren,

kolla ett klubbrum för oss som jobbar i stallet, sa Sofia och
log.

Anna klev in i rummet, det var varmt och skönt därinne. Det
satt ett element på väggen och ovanför det fanns en
anslagstavla som var pyntad med julglitter. I fönstret med
utsikt mot hagen hängde det en julstjärna, precis som hemma
tänkte Anna. Fyra stolar och ett bord stod vid den ena sidan av
rummet, och på den andra väggen var det krokar för att hänga
upp ytterkläder.

-Här kan vi skriva upp vilka tävlingar vi ska ha sen, sa Sofia
och pekade på anslagstavlan.

-Ja, det blir bra, sa Anna lite svävande.

-Pappa byggde ett klubbrum till oss nu när vi har blivit några
tjejer här i stallet, sa Sofia.

-Har det kommit nya tjejer? sa Anna frågande.

-Nej, svarade Sofia skrattande.

-Det är vi Anna, vi som alltid har varit i stallet. Det är till oss,
sade hon.

-Okej, sa Anna.

Anna förstod inte riktigt, fast hon ändå förstod. Hade Sofias
pappa byggt ett sånt här fint klubbrum till tjejerna i stallet, och
hon var en av dem.

-Vi kan ge ridlektioner till de yngre tjejerna som vill vara med
i stallet nästa sommar, tillade Sofia.

Hon såg att Sofia försökte att få henne på bättre tankar, så hon log och sade.

-Ja, det blir bra, och jag tar ridborgarmärket i vår också, sa Anna i en så glad ton hon förmådde sig.

De gick ut från nya klubbrummet och kom överens om att sopa stallgången innan det var dags att gå upp till huset igen och äta lunch. Anna insåg att Sofia och hon levde helt olika liv. Hennes liv innehöll inte så mycket, tänkte hon, medan Sofia kunde vara så glad för sitt innehållsrika liv.

Dagen efter på eftermiddagen kom mamma Kerstin och hämtade hem Anna från gården. Tjejerna sa hejdå till varandra och Anna fick en kram av Sofia när de skildes åt. Anna gick till bilen och satte sig i framsätet, vände sig om när mamma Kerstin sakta körde iväg från gården och vinkade till Sofia som stod på farstubron. Sofia vinkade tillbaka. Det knöt sig i magen på Anna, ungefär som delar av hennes dygn på hästgården var en dröm. En del av den var härlig, som när hon var i stallet och tog hand om hästen.

När Anna hade gått fram till hästen i boxen så tittade den rakt in i hennes ögon, hon försvann för en stund med hästen in i en kärleksfull energi likt den hon upplevt tidigare som barn. Rädslan försvann och känslan kom att hon kunde vara trygg med den här hästen också. Men så kom bilderna när hon hade ätit tillsammans i köket med Sofias familj och hon inte kände sig så bekväm. Hon visste inte hur hon skulle bete sig, eller vad hon skulle säga. Anna hade mest varit tyst och lyssnat på Sofia och hennes familj när de pratade. Svarade bara kort på deras frågor de ställde till henne. Hon hade inget speciellt att berätta för Sofias föräldrar om sig själv eller sin familj.

Mamma Kerstin frågade om hon haft det bra hos Sofia.

-Mm, svarade Anna.

-Jaha, men vad har du gjort under tiden du var där? Hade de fint hemma? Vad fick du för mat?

Frågorna haglade över Anna, hon kände att hon inte var på humör att svara på alla nyfikna frågor som mamma Kerstin hade.

-Jag är trött mamma för vi har varit i stallet hela tiden och vi fick köttgryta om du vill veta, svarade hon.

-Jaha, men man får väl vara lite nyfiken, sa mamma och tittade på vägen framför dem som hon körde på. Anna svarade inte utan satt bara tyst hela vägen hem. Trött var hon, väldigt trött.

Jullovet var över och skolan började igen. Anna försökte bara hänga med allt som hände i skolan. Skolarbete var inte så svårt för henne, och på rasterna var hon med de andra tjejerna i klassen. Någon riktig bästis hade hon inte utan tillbringade eftermiddagar och kvällar ute på gården med de barn som

bodde närmast hennes bostad. Ridningen var det som Anna
såg fram emot hela tiden, varje ridlektion och allt hon skulle
få lära sig. Ofta var hon på biblioteket och lånade böcker om
hästar och ridning och slukade i sig all kunskap hon kunde
från böckerna. På våren tog Anna sitt ridborgarmärke, då hade
hon lärt sig att bemästra skritt, trav och galopp till häst.
Till slut kom första turen ut till stugan, det var lite nervöst
kände hon. Mamma Kerstin parkerade bilen vid sidan av deras
stuga och Anna klev ur, hon tittade mot de andra stugorna för
att se om någon av de andra tjejerna syntes till. Moa hade sett
när Anna kom åkande i bilen och kom emot henne.
-Hej Anna.
-Hej, svarade Anna lite blygt.
-Nu är det sommar igen, sa Moa och log.
-Ja, har du varit i stallet, undrade Anna.
-Nej, vi kom precis hit, ska vi gå dit? sa Moa.
-Ja, svarade Anna och kände att blygheten försvann.
Hon ropade in till mamma Kerstin som höll på att packa upp
matkassar inne i stugan att hon gick till stallet. Tjejerna tog
vägen genom skogen till stallet, det kändes konstigt, tyckte
Anna. Lite nervöst men ändå så som det alltid hade varit.
Sofia syntes på långt håll när Anna gick in i hagen, hon hade
ställt upp sin häst på stallplanen och borstade av den där. Sofia

fick syn på tjejerna och vinkade glatt till dem. Anna vinkade tillbaka och kände sig lättad, nervositeten släppte i Anna. Det blev en bra helg i stugan med mycket stallhäng tillsammans med tjejerna. Anna fick känslan av att den här sommaren kommer bli bra, när hon satt i bilen på väg hemåt på söndagskvällen.

Tiden gick och Anna började i högstadiet, hon kände ingen direkt glädje i skolan längre utan gjorde det som endast krävdes av henne på lektionerna. På fritiden fortsatte hon att ta ridlektioner en gång i veckan, och varje sommar var hon i stallet när familjen besökte stugan på deras lantställe. Det enda hon levde för var stallet och hästarna, allt annat var som en grå dimma för Anna. Hon tvivlade på sig själv och lät rädslorna styra många gånger, förutom i stallet där var hon häst Anna och orädd.

Det var som om hon var vissen inombords, hon hade tappat bort sig själv. Visste inte vem hon egentligen var, vad hon tyckte om sig själv eller andra omkring henne. Anna hade slutat lyssna på den kärleksfulla rösten inombords för längesedan, hon mindes den knappt längre. Den hårda kalla rösten var däremot närvarande så gott som dagligen i henne. På jullovet i nionde klass skulle Anna övernatta hos Sofia, det hade blivit så att hon hade en övernattning varje jullov sedan mellanstadiet. Sofia hade börjat i gymnasiet på hösten, tjejerna hade börjat prata i telefonen med varandra oftare än tidigare och Sofia hade berättat om några killar som gick i samma skola som henne. Anna var egentligen inte så intresserad, men lyssnade ändå på Sofia när hon talade om killarna på skolan.

-Jag sa till Stefan idag att han och hans kompis kunde komma
ut till stallet nån dag på jullovet, sa Sofia när de pratade vid i
telefonen.

-Gillar han hästar, svarade Anna.

-Nej, han har aldrig varit i något stall, sa Sofia och skrattade.

-Vad ska han till stallet och göra då? undrade Anna.

-Jag tänkte att vi kan vara med dem efter vi har ridit klart för
dagen, sa Sofia.

Anna ville inte säga emot Sofia, för det var ju ändå hennes
stall och hästar, men hon tyckte det var märkligt att Sofia ville
ha killar med i stallet. Så hade det aldrig varit tidigare så Anna
svarade.

-Ja, det blir bra, så glatt hon kunde.

Fast inom sig kände Anna att hon egentligen ville ha det som
de alltid varit när hon var hos Sofia på jullovet.

-Vad kul, då pratar jag med Stefan då, kvittrade Sofia.

-Javisst, gör det, svarade hon tillbaka.

När de lagt på luren bestämde sig Anna för att hon inte skulle
bry sig om de där killarna utan ägna sig åt hästarna så mycket
som möjligt.

Mamma Kerstin körde ut Anna till Sofia som hon brukade
göra på jullovet, när de kom fram så pratade de vuxna om
väder och vind som vanligt, och bestämde att mamma Kerstin
skulle hämta Anna sen eftermiddag dagen efter.

Anna klev in i hallen och hängde av sig jackan och ställde av sig skorna, och började gå uppför trappan till Sofias rum. Hon hörde att Sofia pratade i telefonen när hon kom upp på övervåningen. Hon gick in och satte sig på sängen, Sofia tittade upp mot henne och log med telefonluren i örat. På ett kollegieblock som låg på skrivbordet skrev Sofia "Stefan" och pekade på luren hon hade mot huvudet. Anna nickade och log tillbaka, hon hade hoppats att Sofia inte skulle ringa och be killarna komma ut till gården. Men nu förstod hon av samtalet mellan Sofia och Stefan, att de redan hade bestämt att killarna skulle komma på eftermiddagen om några timmar. När hon lagt på telefonluren såg Sofia helt salig ut, talade om för Anna att Stefan och två kompisar kommer med bussen på eftermiddagen. Men de kommer att ta sista kvällsbussen hem, tillade hon och såg lite ledsen ut. Då förstod Anna att Sofia var kär i Stefan. Hon tog mod till sig och frågade om Sofia var kär i Stefan.

-Ja, vi har faktiskt träffats några gånger, han har varit här tidigare, svarade Sofia.

Anna tyckte det lät så vuxet att Sofia hade träffat Stefan själv ett par gånger redan.

-Fast han har aldrig varit i stallet, sa Sofia och skrattade.

-Vad har ni gjort då? sa Anna.

Det bara flög ur henne, för hon tänkte att alla som kommer ut
till Sofia vill väl vara i stallet med hästarna.

-Vad tror du, sa Sofia och lät lite kaxig på rösten.

Anna förstod att hennes fråga var dum, lika dum och fel som
Anna själv. Hon svarade inte på frågan utan kände sig
verkligen dum och tittade ner mot fötterna.

-Jamen, hur som helst så kommer de med bussen sen, sa
Sofia.

-Okej, det blir bra, svarade Anna.

Hon ville inte vara osams med Sofia, utan det var bäst att bara
vara med i allt som hände tänkte Anna. Tjejerna gick ner till
stallet och gjorde i ordning till hästarna och red ut i skogen på
en tur. Anna glömde bort tiden när de var i stallet och när
Sofia släppte ut hästarna i hagen så sa hon till henne.

-Skynda dig nu så hinner vi duscha och byta om tills killarna
kommer.

-Okej, svarade Anna.

Hon tänkte för sig själv att någon dusch hade de aldrig
tidigare tagit efter att ha varit i stallet.

I hennes packning fanns bara ett ombyte, ett par jeans och en
tröja. Sofia kvittrade när de gick upp till huset från stallet.

-Vad ska jag ha på mig? sa Sofia.

-Jeans och tröja, svarade Anna.

-Nej, jo jeans kan jag ha men inte tröja. Vad ska du ha på dig? undrade Sofia.

-Jeans och tröja, jag har inget annat med mig, sa Anna.

-Du kan få låna av mig, svarade Sofia.

Anna tänkte att det dög med kläderna hon hade med sig.

De hängde av sig kläderna i hallen och Sofia gick in mot badrummet, hon frågade Anna om hon använde Timotej schampot eller Jane Hellens schampo. Anna tänkte till och svarade snabbt.

-Timotej.

-Visst luktar det gott, sa Sofia.

-Mm, svarade Anna.

Egentligen ljög Anna när hon antydde att hon använde Timotej schampo, för det var Monica, hennes syster som hade köpt det och Anna hade provat att tvätta håret med det när hon duschade hemma. Hon hade tagit schampot från badkarskanten då det stod bredvid det hon egentligen brukade använda, men hon gillade etiketten på flaskan och var nyfiken och ville prova. När hon var färdig duschad och öppnade badrumsdörren kom Monica förbi utanför och skrek till Anna.

-Har du använt mitt schampo!

-Nej, ljög Anna.

-Det har du ju! Det doftar i hela badrummet Anna! skrek Monica tillbaka.

Anna bara tittade på Monica, de bråkade ganska ofta med varandra.

-Vet du, jag har köpt det här för egna pengar och då får du faktiskt inte använda det, dumma unge, sa Monica upprört.

-Nähä, sa Anna och gick raskt ut från badrummet.

-Jag tänker säga till mamma att du tar mina grejor, fortsatte Monica.

-Gör det då, svarade Anna irriterat tillbaka.

Anna brukade inte bry sig om vad det var för schampo hon använde men när hon fick se den nya schampoflaskan på badkarskanten så tänkte hon att hon kunde pröva det, tanken slog henne inte att det var Monicas. Hon hade tyckt om den fruktiga blommiga doften när hon tvättade håret i duschen, det var liksom lockande på något vis. Inte som de schampot mamma Kerstin brukade köpa som knappt luktade någonting.

Efter de hade duschat gick tjejerna upp på rummet, Sofia tog fram en hårmousse som hon började massera in i håret, sedan borstade hon och fönade håret. Anna satt på sängen och tittade på när Sofia fixade håret och tyckte att hon var så fin och söt. Anna själv, varken kände eller tyckte att hon var fin eller söt, hon var liksom ingenting.

Sofia reste sig från stolen framför spegeln och gick fram till garderoben och rotade runt, tog fram en jeans skjorta och ett spetslinne, det här ska jag ha på mig, sa hon till Anna.

-Snyggt, svarade hon.

-Säkert att du inte vill låna något, sa hon och log mot Anna.

-Jag tar det här jag har med mig, svarade hon och log tillbaka.

När de var färdig fixade var det dags att gå och möta Stefan och hans kompisar vid busshållplatsen. Det var inte långt att gå, utan när de kom ner vid vägen såg de bussen komma mot dem. Bussen stannade till och ut klev tre stycken killar, Sofia började fnittra lite, Anna förstod inte vad hon fnittrade åt, eller vad som var roligt.

-Hej, sa Sofia och tittade bara på Stefan.

 -Tja, sa Stefan lite tufft tillbaka.

De andra killarna stod lite bakom Stefan och sa inte så mycket.

-Ska vi gå upp till mig, sa Sofia.

-Jaha, jag trodde vi skulle gå till havremopparna, sa Stefan och skrattade.

Sofia började också att skratta och de andra killarna stod och flinade med. Anna tyckte att Stefan var löjlig, han som inte ens hade varit i ett stall. Havremoppar tänkte Anna var det enda han kunde kläcka ur sig. Sofia tog täten mot huset med Stefan vid sin sida, Anna och de andra killarna gick bakom.

Kvällen tillbringades på Sofias rum, Stefan låg på sängen med Sofia bredvid sig. Anna satt i fåtöljen och de andra killarna låg på golvet. Musiken var på hela kvällen och strömmade ur Sofias bergsprängare, det var en stor bandspelare. Stefan hade tagit med ett kassettband med Queen som han hade spelat in. Det var ny musik för Anna, hon hade aldrig hört Queen tidigare. Men hon gillade faktiskt det som kom ut ur bergsprängarens högtalare.

-Tycker du det är bra musik? frågade Stefan henne.

-Ja, det tycker jag, svarade Anna.

-Vilken låt är bäst? sa Stefan.

Anna kände att hon vart stressad, hon visste inte vad låtarna hette och ville inte verka vara dum, men just när stressen var på väg till att bli panik sa en av killarna på golvet.

-Jag tror Anna gillar Bohemian Rhapsody bäst, eller hur Anna?

Anna nickade bara till som svar, hon hade ingen aning om vilken låt det var.

Johan som han hette log mot Anna och viskade till henne, jag såg att du verkar gilla den låten när den spelades. Anna tittade ner mot golvet mot Johan och nickade till svar, hon log lite försiktigt också.

Det var dags för killarna att åka hem, tjejerna följde med dem ner till busshållplatsen vid vägen. Sofia och Stefan gick lite bakom de andra och höll varandra i handen såg Anna när hon sneglade bakåt. När de närmade sig busshållplatsen så vände sig Johan mot Anna och viskade, du är söt.

Anna blev alldeles varm om kinderna, kände hon. Johan måste ha sett det och viskade igen till Anna, hoppas vi ses snart igen, sötnos.

Anna bara log och visste inte vad hon skulle svara, hon hoppades att bussen skulle komma snart och att ingen hade hört vad Johan viskade till henne.

Stefan och Sofia pussades en lång stund precis när bussen kom, Anna visste inte vad hon skulle titta så hon vände sig om mot Johan och sa.

-Det är tomt på bussen.

-Ja, svarade han och tittade rakt in i hennes ögon.

Hon blev generad igen och kände att kinderna hettade.

-Hejdå, sa Anna och vände bort blicken från Johan.

Killarna gick på bussen och åkte iväg. Sofia tittade länge efter bussen och sa sedan.

-Åh, vad jag längtar till nästa gång jag får träffa Stefan.

-Jaha, svarade Anna.

-Jag tyckte Johan kollade på dig under kvällen, sa han något till dig, undrade Sofia.

-Nej, svarade Anna.

-Ingenting? sa Sofia undrande.

-Nej, vad skulle det ha varit? sa Anna.

-Jag vet inte, men jag tyckte det såg ut som om han var lite intresserad av dig, sa Sofia och tittade på Anna.

-Nej, det tror jag inte han är, sa Anna och ökade stegen mot huset.

Tankarna for runt i Annas huvud, var Johan intresserad av henne? Varför hade han sagt att hon var söt? Det var ju Sofia som var söt, inte hon. Varför hoppades han att de skulle ses igen? Anna blev inte klok på allt som for runt i hennes huvud. Det tog ett tag innan hon somnade, efter att Sofia pratat länge om Stefan.

Skolan hade börjat igen efter juluppehållet och Anna tyckte
det var trist, hon hade funderat mycket kring Johan sedan de
hade träffats hemma hos Sofia. Anna kunde komma på sig
själv med att sitta och titta på killarna i klassen, för att se om
någon var lik Johan. Det fanns ingen som såg ut som han,
eller hade så glittriga fina ögon som honom, tänkte Anna. Hon
såg hans lockiga fina hår som hängde ner i nacken som en bild
framför sig, det var så passande på Johan, tyckte hon. Det
pirrade i magen när Anna tänkte på honom och på vad han
hade viskat till henne vid busshållplatsen hemma hos Sofia.
När hon tänkte tillbaka på kvällen så kunde hon inte minnas
att han hade tittat på henne som Sofia hade nämnt. Hon blev
så förundrad över att Johan hade sett vilken låt hon gillade.
Det kanske stämmer som Sofia sagt att Johan hade tittat på
henne under kvällen, Anna hade i alla fall inte märkt att han
sneglade på henne.
På något vis ville Anna också vara kär som hon sett Sofia vara
i Stefan. Det såg så härligt ut, tänkte hon. Ibland dagdrömde
Anna att hon och Johan pussades som Sofia och Stefan
gjorde, och att de höll i varandra i handen, det var så fint.
Telefonen ringde en kväll hemma hos Anna, mamma Kerstin
svarade.
-Höglund.

-Ja, vänta lite, Anna är här.

Anna, det är Sofia som ringer, sa mamma Kerstin och räckte över telefonluren till henne. Hon tog luren och sade.

-Hej.

-Hej, jag ville höra om du vill komma ut i helgen till mig? Sofia fortsatte, vi kan ta en ridtur på dagen, men på eftermiddagen vill killarna komma igen.

-Kommer du? sa Sofia ivrigt.

Anna blev tyst en kort stund innan hon svarade lugnt.

-Jaha, varför ska jag vara med då, alltså på kvällen?

-Johan har tydligen frågat efter dig, sa Sofia.

-Har han, svarade Anna.

-Ja, Stefan berättade det när jag pratade med honom.

Anna blev tyst igen.

-Vad var det jag sa, små skrattade Sofia.

-Jag visste att han var intresserad av dig, fortsatte hon.

-Jaha, vi rider väl ut som vi brukar innan de kommer, svarade Anna så lugnt hon kunde.

-Ja, jag sa ju det, så kommer du på lördag då? sa Sofia.

-Ja, jag kommer, svarade Anna.

Du är alldeles röd om kinderna Anna, vad handlade det där om frågade mamma Kerstin när Anna hade avslutat samtalet med Sofia.

-Jag ska till Sofia på lördag som vanligt, vi ska rida och jag ska övernatta också, sa Anna och vände sig om bort från mamma Kerstin.

Hon hade inte märkt att det hettade om kinderna när hon pratade i telefonen.

-Vad då som vanligt, du brukar bara vara där på jullovet, sa mamma Kerstin förvånat.

-Ja, men nu ska jag åka på lördag också, sa Anna och gick in mot sitt rum.

Mamma Kerstin suckade fram ett jaha, hörde hon i förbifarten.

Vad skulle hon packa med sig den här helgen nu när hon skulle träffa Johan. Anna gick igenom garderoben flera gånger men hittade inget att ta med sig. Att låna kläder av Sofia var inte att tänka på för hon ville inte sticka ut på något vis. Efter att ha velat en lång stund så tog hon en skjorta som var röd rutig och ett vitt linne som hon skulle kunna ha under skjortan. En blå collegetröja packade hon ner också. Skjortan var nyligen inköpt och var det senaste modet, hon hade fått tips av sin syster att den fanns bland damkläderna på Domus, det får duga, tänkte hon. Så kom den kalla och hårda rösten plötsligt i henne och sade.

Du ska inte tro att du är något, göra dig fin, för vem?

Anna sjönk ner i sin säng, tänk om det inte var sant att Johan hade frågat efter henne? Hade Sofia hittat på alltihopa? Varför skulle han fråga efter henne?

Det fanns säkert hundra andra tjejer på gymnasiet där han gick. Anna tvivlade igen, tankarna snurrade runt i huvudet på henne. Hon orkade inte att mamma Kerstin skulle köra henne med bilen ut till Sofia, hon var rädd att det skulle märkas att hon var nervös på bilresan. Dessutom så var ju mamma Kerstin så nyfiken och skulle säkert ställa tusen frågor till henne. Anna bestämde sig för att ta bussen istället.

Det blev en tidig morgon för Anna på lördagen när hon begav sig till Sofia, hon fick göra tre bussbyten, det tog nästan två timmar innan hon var framme vid gården. Hon hade lyssnat på musik i sin freestyle som hon hade fått i julklapp på resan ut mot gården. Hon hade lyckats övertala en av killarna i klassen att han skulle spela in ett kassettband med Queen åt henne.

 Så resan gick lättare tyckte hon när hon kunde ha sin Sony Walkman till hands och höra på musik i hörlurarna. När hon närmade sig gården såg hon att Sofia stod och väntade på henne vid busshållplatsen. Hon drog i snöret så det plingade till på bussen en kort bit innan hon skulle kliva av, bussen stannade och hon reste sig och tog sin ryggsäck och gick av bussen.

-Hej, sa Sofia.

-Hej, svarade Anna.

-Kul att du kunde komma, sa Sofia.

-Mm, svarade hon.

Sofia pratade medan de gick upp till huset och berättade om dagens planer som hon hade tänkt igenom. Efter att vi lämnat väskan i mitt rum så går vi direkt ner till stallet och gör i ordning hästarna. Hon fortsatte, vi behöver inte rida så långt idag för då får vi mer tid att duscha och göra oss i ordning innan killarna kommer. Anna hörde på Sofias röst att hon var ivrig att få träffa Stefan på eftermiddagen så hon svarade.

-Visst det går bra.

Egentligen hade hon sett fram emot att rida i skogen på en långtur, men nu var det tydligen viktigare att lägga mer tid på killarna.

-Bra, sa Sofia och log med hela ansiktet.

Hon föreslog att de skulle hoppa över lunchen, så de sparade in mer tid till att fixa i ordning sig till kvällen.

-Vi kan ta mellanmål när vi är klara i stallet, fortsatte Sofia. Anna nickade med huvudet instämmande, fast hon redan var lite hungrig. Hon hade ju varit uppe extra tidigt den här lördagsmorgonen. Magen bara skrek av hunger på Anna när de var klara i stallet. Som tur var hade Sofias mamma tagit fram Skogaholmslimpa till tjejerna från frysen, de satte sig ner vid köksbordet efter att de hade dukat fram och hällde upp ett varsitt glas mjölk. Anna kände att hon fick hejda sig lite grann, och inte slänga i sig flera smörgåsar på raken. Sofia åt långsamt och pratade om Stefan mellan tuggorna, hon verkade inte vara ett dugg hungrig upplevde Anna, inte som henne i alla fall. De duschade länge och Sofia fönade håret noggrant. Sofia la på puder i ansiktet och sminkade sig en lång stund.

-Vill du ha puder, frågade hon Anna som satt i fåtöljen.

-Nej, jag är nöjd med lite mascara, svarade Anna.

Anna tyckte att Sofia blev så fin med sitt smink och pudret i ansiktet, men hon kände sig inte trygg själv med en massa smink på sig. Och puder hade hon testat en gång med sin syster Monica. Hon kände att ansiktet blev kvävt och att huden inte kunde andas, så hon avstod. Puder var inget för henne.

-Oj, är klockan så mycket, sa Sofia och tittade på sitt armbandsur.

-Vi måste skynda oss att äta middag, killarna kommer snart, fortsatte hon.

De gick ner till köket, på spisen stod det en gryta som Sofias mamma hade gjort innan hon skulle iväg till granngården och hjälpa till med att göra ost. Sofia tog fram en varsin tallrik och hällde upp mat.

-Vi måste skynda oss så vi hinner inte äta så mycket, sa hon lite ursäktande.

-Okej, svarade Anna.

Fast Anna fortfarande var hungrig så vågade hon inte säga emot Sofia utan åt upp den lilla portionen på tallriken i tystnad.

Killarna kom med bussen på överenskommen tid. Allihopa gick upp på Sofias rum, musiken sattes på i bergsprängaren och ur högtalarna strömmade David Bowie.

Anna satt mest tyst i fåtöljen och sa inte så mycket när Johan plötsligt sa till henne.

-Är det din freestyle som jag ser i ryggsäcken?

Anna tittade mot ryggsäcken och såg en skymt av sin freestyle och svarade.

-Ja.

-Vad har du för musik? sa han.

-Queen, sa Anna och log lite.

-Jasså, du har Queen, sa Johan och log med ett stort leende mot henne.

Anna ljög och sa att det var en kompis som hade spelat in kassettbandet till henne, hon tyckte det lät bättre att säga så än att det var en kille i klassen som gjort det.

-Jaha, ser man på, jag har också freestyle, sa Johan och fiskade upp den ur fickan på jeansen.

-Jaha, svarade Anna.

-Vill du höra vad jag har för musik? sa Johan och tittade henne rakt i ögonen.

En värme spred sig i Anna när hon mötte hans blick.

-Mm, sa Anna lite generat.

-Här kom närmare mig så lyssnar vi tillsammans i mina hörlurar.

Han tog hörlurarna och satte dem på hennes öron, vinklade ena hörluren mot sig. Sedan lade han sitt huvud mot henne och musiken strömmade ut i hörlurarna.

-Vet du vilken grupp det är?, frågade han henne.

-Jag har hört dem på radio, kanske på trackslistan, svarade Anna lite osäkert.

Bob Marley, skön musik, svarade han tillbaka.

Anna hade hört talas om Bob Marley i skolan, och det gick även rykten om att några killar i andra nian lyssnade på hans musik och rökte hasch. Men Anna visste inte om det var sant så hon nämnde inte det för Johan. Hela kvällen satt de tillsammans och lyssnade på musiken som strömmade i freestylen tätt ihop.

Helt plötsligt for Sofia upp där hon låg i sängen bredvid Stefan.

-Men gud ni har ju missat sista bussen hem.

-Va, sa Stefan.

Killarna bad om att få ringa hem och tala om situationen, och allihop gick de ner till hallen och där mötte de Sofias mamma. Sofia förklarade att killarna hade missat sista bussen hem och frågade sin mamma om de kunde stanna över natten.

-Naturligtvis, jag kan prata med era föräldrar när ni ringer hem så ska allt ordna sig, sa hon.

Allt ordnade upp sig efter några telefonsamtal, killarna fick stanna eftersom det var lördagskväll och Sofia bodde ju en bit ut på landet, deras föräldrar ville inte köra hela vägen för att hämta hem dem. Det plockades fram madrasser som las ut på golvet i Sofias rum och ett par filtar och kuddar. Sofia och Stefan kröp ner under täcket i hennes säng. Johan la sig på madrassen på golvet och bad att Anna skulle lägga sig bredvid honom. Anna gjorde som han sa och kröp ner under filten, de fortsatte att lyssna på musik i hans freestyle. Det var mysigt att sova allihopa tillsammans i rummet, tyckte Anna.

Johan tog Annas hand och höll den i sin under filten, hon låg blickstilla. Tänk om det var sant i alla fall att Johan hade velat träffat henne igen. Det pussades i Sofias säng, sen hörde hon hur Stefan sa till Sofia att hon var fin och så pussade de varandra igen.

Helt plötsligt så pussade Johan Anna i pannan, paniken kom i henne, hon vågade inte röra sig. Johan tittade rakt in i hennes ögon igen, Anna visste inte vart hon skulle ta vägen. Hon blev så överrumplad av hela situationen, det här hade hon inte varit med om tidigare. Hon tittade tillbaka och kände att det spred sig en värme i hennes kropp. Hon ville vara kvar nära honom, kände hon. Då pussade han henne rakt på munnen, hon reagerade blixtsnabbt med en puss tillbaka på hans mun. Anna tänkte, jag gör som han gör så blir det bra. Johan log med hela ansiktet mot henne, hon log tillbaka.

Det blev inte mycket sömn den natten men många pussar blev det. Till frukosten satt de alla fyra i köket och var så trötta att de fnittrade åt allt möjligt.

-Hur blir det med havremopparna idag? ska ni ta ut dem på en sväng, sa Johan och brast ut i skratt.

De andra skrattade också, till och med Anna.

-Jag tror vi bara tittar till havremopparna idag, sa Sofia och skrattade ännu mer.

De andra instämde också i skratt. Anna var faktiskt glad att det inte blev någon ridning under dagen, hon var faktiskt alldeles för trött för det kände hon.

Killarna tog förmiddags bussen hem och Anna stannade kvar under dagen.

-Jag såg hur du och Johan pussades i går, sa Sofia.

-Jag såg hur du och Stefan pussades, svarade Anna skrattande.

-Är du kär?, frågade Sofia.

- Är du det? svarade Anna tillbaka.

-Ja, sa Sofia och sträckte upp armarna i luften. Störtkär faktiskt och så skrattade de igen.

När Ann satt på bussen på väg hem, tänkte hon för sig själv om hon var kär i Johan. Hon konstaterade att så var det nog, hon var kär i Johan. Han hade sagt till henne att de måste träffas redan nästa helg igen. Anna tog upp sin freestyle ur ryggsäcken och satte på musiken, hon lutade huvudet mot buss rutan och blundade, och log för sig själv när hon tänkte på Johan och hans fina glittrande ögon. Sen slumrade hon till och vaknade av att busschauffören ropade i mikrofonen.

-Avstigning, dags för avstigning för samtliga passagerare. Benen kändes som bly när hon reste sig och klev av bussen, hon var så trött att hon knappt orkade gå till nästa buss som hon skulle byta till.

När hon kom hem var det knappt att hon tog sig upp för trappan i porten till deras lägenhet, hjärtat dunkade i bröstet på henne.

Hon låste upp dörren, klädde av sig ytterkläderna och gick raka vägen in i badrummet och satte sig ner på toaletten och kissade.

-Hallå Anna, är allt väl med dig? hörde hon mamma Kerstin ropa utanför.

-Ja, allt väl, svarade Anna fast hon var helt slut.

Hon tvättade händerna efter toalettbesöket och gick ut till köket där mamma Kerstin stod och diskade vid bänken.

-Det finns mat i kylen, ska jag värma åt dig? sa mamma Kerstin.

-Jag är inte hungrig, jag ska bara ta ett glas vatten, svarade Anna.

Mamma Kerstin vände sig om mot Anna och sa.

- Men hur mår du? du är ju alldeles blek och nästan lite blå om läpparna, får jag se på dina naglar om de är blå också.

Anna sträckte fram sina händer mot mamma Kerstin.

-Ja, du är lite blå om naglarna, hur är det Anna? sa mamma Kerstin bekymrat.

-Jag är trött, svarade Anna.

-Men vad har ni gjort egentligen? du brukar inte vara så här slut när du kommer hem från Sofia.

Anna ljög och sa att de hade varit med hästarna hela helgen, och att en häst hade rymt från hagen och sprungit in i skogen så hon och Sofia hade jagat den.

-Det blev kanske för mycket för mig, sa Anna.

-Kan jag vara hemma från skolan imorgon? Jag är så trött, fortsatte hon.

-Men lilla gumman klart du kan, jag skriver på närvarokortet till din lärare så får du lämna det när du är piggare.

Mamma Kerstin fortsatte,

-Ja, det här med hästarna är för mycket för dig med ditt hjärta.

Det har jag fasat för hela tiden. Du får inte överanstränga dig,

Anna.

-Nej, svarade Anna och började gå mot sitt rum.

Hon öppnade dörren och gick rakt fram till sängen och la sig

under täcket, och hon somnade på en gång.

Anna vaknade av att hon var kissnödig, hon tassade upp men stannade till vid dörröppningen till sitt rum. Nu hörde hon mamma Kerstin och Monica prata i köket om henne.

-Anna ska läggas in igen, sa mamma Kerstin.

-Vad ska läkarna göra den här gången, undrade Monica.

-Gå in med några slangar till hjärtat, fy usch, det är så jobbigt att prata om det, hörde hon mamma Kerstin säga.

-Men va, kan hon dö? sa Monica.

-Nej, men Monica så du säger, hon fortsatte.

-Det finns ju alltid en risk, det här med hjärtat är inte att leka med, svarade mamma Kerstin.

-Nej så klart, sa Monica.

Anna drog dörrhandtaget upp och ner så de skulle höra att hon var vaken och gick sakta mot köket.

-Är du vaken lilla gumman, sa mamma Kerstin

-Mm, jag är kissnödig, svarade Anna och vände sig om och gick till toaletten.

Det var ingen som sagt något till henne om att bli inlagd på sjukhus igen. Anna visste att hon inte hade något val, det här var bara något hon måste göra. Hon kände sig likgiltig inför vad som skulle ske. Hon hade kapitulerat för länge sedan när det gällde sjukhusbesöken.

Hon var van vid att det pratades ovanför hennes huvud och inte med henne. Det var aldrig någon läkare eller sjuksköterska, eller hennes mamma som frågade hur hon kände före eller efter ett ingrepp i hennes kropp. Det bara gjordes som om det var den självklaraste saken i världen. Och nu var det tydligen dags igen.

Hon spolade i toaletten och vred på kranen så vattnet började rinna ner i avloppet. Satt in händerna under vattnet och det sköljdes över händerna på henne, det var som om hela Anna sköljdes bort på nåt vis. Så kändes det.

Hon torkade händerna och gick ut från badrummet mot köket.

-Vill du ha mat? frågade mamma Kerstin.

-Nej, men en smörgås, svarade Anna.

-Sätt dig så gör jag i ordning till dig.

När Anna blev överansträngd så hade hon ingen vidare matlust, hon blev illamående och trött, ville bara sova och orkade ingenting. Det var lika varje gång oavsett hur mycket eller lite hon ätit innan. Ibland så blev hon överansträngd utan att göra speciellt mycket. Anna hade inte full koll på sin kropps balans då hon slutat att lyssna inåt på vad kroppen hade att säga henne. Hon liksom orkade inte lyssna inåt för att hon hade gett upp. Tidigare när hon var yngre så levde hon med sin kropp och själ men nu efter att ha förstått att det var "fel" att lyssna inåt var hon vilsen. Då blev det lättast att stänga av allt som hon kände och upplevde inom sig.

Anna satte sig vid köksbordet mittemot Monica, hon väntade på att någon av dem skulle berätta för henne om sjukhusbesöket som väntade henne. Ingen sa något men till slut sa Monica.

-Ska du vara hemma från skolan i morgon?

-Ja, svarade Anna.

-Ja, tänk om en annan fick vara hemma från jobbet ändå, sa Monica.

Anna svarade inte, hon visste ju att de hade pratat om henne när hon sov tidigare på kvällen.

-Jag går och lägger mig, sa Anna när hon hade ätit upp sin smörgås.

-Ja, gör det lilla gumman, det är bra att du vilar så överansträngd som du verkar ha blivit den här helgen, sa mamma Kerstin.

Anna reste sig och gick in i sitt rum och lade sig i sängen. Döden hade Anna ingen rädsla för, hon tänkte att det måste vara en fin plats att komma till när man dog. Så hade hon tänkt när hennes morfar dog för några år sedan. Hon tänkte att platsen var lik den som hon hade upplevt när hon flög som liten när det gjordes undersökningar på henne. En vacker prunkande blommande trädgård med ståtliga träd.

Men nu hade Anna slutat att flyga för länge sedan. När hon hade hört Monica fråga om hon kunde dö, så gjorde hon inte så stor grej av det hela. Dö ska vi väl alla, tänkte hon. På nåt vis så kunde hon känna att tiden inte var inne för henne nu att dö. Anna var mer orolig över för hur hon skulle vara för att passa in och inte vara annorlunda, än att dö. Det värsta som kunde hända, tänkte hon, var att hon var fel.

Vintern hade gått över till vår och Anna hade varit många helger hos Sofia. Nästan varje helg som hon var hos Sofia så hade killarna kommit ut till dem. Anna och Johan var i hop nu och Sofia och Stefan var ett par. Johan hade frågat om Anna inte kunde komma hem till honom någon kväll och sova över, för Johan bodde en bit bort från Anna. Men hon hade känt sig väldigt osäker och hade hittat på flera olika anledningar till varför hon inte kunde komma när han frågade. Och dessutom ville Anna att hennes sjukhusbesök skulle vara avklarat innan hon var ensam med Johan. Anna kände på nåt vis att hon inte var kroppsligt fri förrän sjukhusvistelsen var över.

Helgerna hemma hos Sofia kände Anna sig trygg, även när killarna sov över men hon var inte redo ännu att vara själv med Johan.

Mamma Kerstin hade berättat för Anna att det här var sista ingreppet hon gjorde som barn, om allt såg bra ut skulle det inte bli fler ingrepp efter det här. Anna skulle bara gå på regelbundna kontroller på sjukhuset framöver.

Hon ville inte berätta för Johan att hon hade ett trasigt hjärta sen födseln, ABSOLUT INTE. Hon ville inte vara annorlunda, då kanske han inte ville vara med henne, tänkte hon.

När Anna blev inlagd på sjukhuset fick hon veta av läkaren att
det skulle gå in i ljumsken på henne med en slang som skulle
föras upp till hjärtat för att se hur hennes hjärta såg ut, det
hette hjärtkateterisering. Anna skulle bli nedsövd medan
ingreppet gjordes och inte behöva stanna kvar så många dagar
om allt såg bra ut, utan få åka hem om inga komplikationer
inträffade.

Hon tyckte det var skönt att få åka hem bara några dagar efter
ingreppet för då skulle ingen märka att hon varit på sjukhus.
Anna ville bara få det hela överstökat så hon kunde åka ut till
Sofia och hästarna, men också att få träffa Johan på helgen,
precis som vanligt.

Ingreppet gjordes på Anna och allt gick som det skulle och
hon fick åka hem efter ett par dagar. Vare sig läkare eller
sköterskor frågade Anna om hur hon upplevde det hela eller
vad hon kände. Anna hade nog inte kunnat svarat på det ändå
eftersom hon kände sig tom inuti.

Det enda läkaren sa till henne när hon och mamma Kerstin
hade ett samtal med honom vid Annas utskrivning var att
hennes klaffar inte fungerade fullt normalt och att det fanns ett
litet hål i hjärtväggen på hennes hjärta. Anna visste ju att hon
hade ett trasigt hjärta, och haft det sedan födseln. Så när
läkaren berättade om Annas hjärta var det som om det inte
spelade någon roll för henne. Det var ju trasigt och skulle inte

lagas nu för det gjordes bara om hennes besvär blev värre. För ingrepp i hjärtat gjorde man inte hur som helst, sade läkaren. Hon fick även restriktioner som hon måste följa och ha med sig framöver och vara försiktig med vad hon utsatte sig för, helt enkelt leva ett liv med hjärtfel. Anna tänkte att det får bli som det blir med hennes hjärta. Hon var återigen inte rädd för döden, för på nåt vis var det som om hon hade varit vid dödens stup men bestämt sig för att vända om och leva. Det var inte tid att dö nu, det kände Anna.

Anna lyfte luren på telefonen som stod på bänken i hallen
efter hon hade slagit Johans nummer. Det gick några signaler
innan hon hörde Johan svara.

- Lindkvist.

- Hej, det är Anna.

- Hej.

-Hur har du haft det i plugget, sa Anna.

- Bra, svarade Johan tillbaka.

De småpratade och efter en stund frågade Johan om inte Anna
kunde komma hem till honom i helgen. Anna hade bestämt
sig för att svara ja om han skulle ställa den frågan till henne.
Hon kände sig pirrig i hela kroppen fast även modig som hade
bestämt sig för att åka och träffa Johan helt själv. Nu var ju
operationen över och Anna kände sig friare. De kom överens
om att Anna kunde komma på fredagen efter skolan till
honom och sova över till lördagen.

- Jag har några nya videofilmer hemma vi kan se på, sa Johan.

- Ja vad roligt, svarade Anna.

Hon kände sig varm och pirrig i hela kroppen när hon tänkte
på att de två skulle sitta och mysa framför tvn en hel kväll.
Noga planerade Anna hur hon skulle ta sig till Johan på
fredagen. Hon hade varit nere på busstationen och hämtat
busstidtabeller så hon kunde kolla vilka bussar hon skulle åka

med. Johan bodde en bit bort från henne så hon var tvungen att åka med två olika bussar för att komma ända fram till hans bostadsområde.

Anna hade berättat för mamma Kerstin att hon var ihop med Johan och att hon hade träffat honom hemma hos Sofia.

Mamma Kerstin hade inte blivit förvånad, hon sa till Anna att hon förstod att det var några killar med i bilden när hon var hos Sofia på helgerna.

Dessutom hade mamma Kerstin träffat en ny kille på sitt jobb som hon träffade på helgerna. Annas pappa hade varit frånvarande sedan hon var liten. Hon hade träffat honom bara ett par gånger under sin uppväxt. Han hade en ny familj och bodde i en annan stad. Så mamma Kerstin behövde inte vara själv på helgerna när Anna och Monica var ute med kompisar och sov över hos dem, nu hade hon ju träffat Sture.

Bussen slingrade sig sakta fram på vägen tyckte Anna, snart skulle hon vara framme hos Johan. Hållplatsen låg vid ett litet centrum, det fanns en Ica butik och en pizzeria. Det var flera hyreshus omkring centrum men Johan hade förklarat för Anna hur hon skulle gå. Det var bara över gatan från busshållplatsen och upp för en backe så låg hans hus där, Enbacken 8, en trappa upp i hyreshuset.

Anna kände hur hon blev nervös och svettig under armarna, det var det sista hon ville, komma fram svettig och andfådd!

Hon knäppte upp jackan för att bli svalare, och gick lite långsammare. Dörren till porten var rödmålad, hon klev in några steg och fram till hissen. Hon gick in i hissen, tryckte på ettans knapp. Usch vad pirrigt och nervöst det här är tänkte Anna medan hon åkte upp i hissen. Hon klev ur hissen och gick längst bort i korridoren som Johan hade beskrivit för henne. Det stod en barnvagn utanför dörren, la Anna märke till. Hon plingade på, en hund skällde på insidan av dörren hörde hon. Av skallet hon hörde förstod Anna att det var en liten hund. Dörren öppnades och där stod Johan med ett leende på läpparna.

- Tjena.

- Hej, svarade Anna.

- Kom in, bry dig inte om Tessan, sa Johan.

Anna klev på men den lilla lurviga hunden hoppade på hennes ben så hon knappt kunde gå in i hallen. Anna såg direkt att det var ett modernt hem Johan bodde i. I hallen var det ingen vanlig hatthylla att hänga upp jackan på utan en trähängare som hade stora runda träklossar att hänga upp ytterkläder på, och mindre runda träklossar nertill för små barn att hänga sina kläder på. Någon hatthylla fanns inte.

Det stod en byrå vid sidan om den vägghängda klädhängaren, allt var i brunbetsat trä. På golvet var det en brun rutig plastmatta, allt passade ihop, tänkte Anna medan hon hängde av sig sin jacka.

-Kom, vi går till mitt rum, sa Johan.

- Okej, svarade Anna.

När hon passerade köket så såg hon Johans mamma som stod och pratade i telefonen, en väggtelefon med extra lång sladd som räckte ända fram till diskbänken. Johans mamma rörde sig fram och tillbaka mellan köksskåpen medan hon pratade i telefonen, hann Anna att se. Hon log i förbifarten och mumlade ett hej, och Johans mamma vinkade tillbaka till henne.

De fortsatte genom vardagsrummet, Anna tittade storögt sig omkring. I rummet fanns en svart hörnsoffa i sammet med ett stort träbord framför med brun mönstrade kakelplattor på. På golvet låg en aprikos lurvig heltäckningsmatta och väggarna var klädda i trä. Anna hade aldrig sett något liknande, så modernt. I ena hörnet av rummet framför fönstret stod en tv och under den på ett stativ stod en vhs-bandspelare. Bredvid tvn utmed väggen var det en lång låg bänk med dörrar på och ovanpå bänken stod det två palmer i krukor. Anna blev helt fascinerad.

Johans rum var litet men med en stor furusäng med passande sängbord till. En stor dubbelgarderob med hänglås på stod nedanför sängen, det var allt i hans rum. Det var litet men ändå mysigt, tyckte Anna.

-Varför har du lås på garderoben, undrade Anna.

-Mina småsyskon är så nyfikna, svarade Johan.

-Men morsan får inte heller se vad jag har där inne, sa Johan och flinade.

-Vad har du där inne då? undrade Anna.

-Nu blev du nyfiken va, sa Johan och skrattade.

Anna kände hur hon rodnade men snabbt svarade hon.

-Öppna får jag se.

Anna blev förvånad själv över hur tuff hon lät, det var inte likt henne att vara så framåt. Men hon ville inte att Johan skulle tycka att hon var mesig. Johan tog upp en nyckelknippa ur fickan på jeansen och gick fram till garderoben och låste upp hänglåset.

-Här har jag lite grejer jag fixat, förstår du.

Anna tittade nyfiket in i garderoben. Johan tog fram en varningslampa som hade suttit vid avspärrningen på ett vägarbete, han log stolt och sa.

-Den här är bra att ha i framtiden, men morsan vet inte om det här, därför har jag lås på dörren.

-Jaha, sa Anna.

Hon blev förvånad över lampan, trodde att det skulle vara något mer spännande än en tråkig väg arbetslampa. Det var

fullt med bråte och sladdar såg Anna inuti den ena
garderoben. Hon tyckte inte att det var ett dugg spännande,
rent av tråkigt. Den andra garderoben hade Johan sina kläder
i.

Johan satte sig på sängen bredvid Anna, tittade henne rakt i
ögonen och pussade henne på munnen. Anna pussade tillbaka.

-Jag har fixat en film tills i kväll, sa Johan

-Vad kul, svarade Anna.

Hemma hos Anna fanns ingen video bandspelare så hon hade
aldrig sett på VHS film tidigare. Anna var van att se på
tv-program och då tittade hon på Familjen Macahan och
Dallas, så videofilm var nytt för Anna men det berättade hon
inte för Johan.

-E.T har jag fixat, fast utan svensk text, direkt från Amerika,
sa Johan.

-Jaha, sa Anna.

-Du har väl hört talas om filmen E.T, sa Johan.

-Nej, svarade Anna.

-Den kommer i vinter till Sverige, sa Johan.

Okej, svarade Anna.

Hon undrade hur Johan hade fått tag på filmen innan den kom
till Sverige men hon vågade inte fråga Johan om det.

-Morsan ska också se på filmen med oss och så kommer en
kompis över också, fortsatte Johan.

-Javisst, sa Anna och log lite.

Det ropades från köket att maten var klar, så Johan och Anna reste sig och gick mot köket. När Anna kom ut i köket la hon märke till köksluckorna som var röda i två nyanser, ljus röda i mitten som tonades ut i en mörkare nyans mot kanten. Anna tyckte det var snyggt. Köksbordet tog nästan upp hela köket men det var mysigt, tyckte Anna när de satte sig ner till bordet. Lampan ovanför bordet var avlång och gjord i trä, likadant träslag som bordet. Allt matchades ihop i det här hemmet tänkte Anna.

Det serverades ungersk gulasch som Johans pappa hade åkt hela vägen in till stan för att köpa med sig hem. Det tyckte Anna var konstigt att man åkte in till stan för att köpa hem mat, de få gånger Anna åt i stan så var det på restaurang, hon hade inte hört talas om att man ens kunde köpa med sig färdiglagad mat hem till en hel familj.

Anna var ofta hos Johan på veckosluten, hon sov alltid över och hon och Johan tillbringade helgerna ihop. Ibland kunde Anna skolka på fredagen, skylla på huvudvärk och trötthet. Och då åkte hon tidigt på fredagsmorgonen hem till Johan fast han var i skolan. Mamma Kerstin protesterade inte, hon hade ju Sture att tillbringa helgerna med.

På fredagarna så hjälptes alla åt att städa i Johans familj, alla fick olika uppdrag. Städa den lilla toaletten eller den stora, plocka upp och damma i småsyskonens rum. Dammsuga hela lägenheten eller torka golven. I köket var uppdraget att torka alla ytor såsom skåpluckor, fönsterbrädor, bord och bänkar. Diskhon skulle rengöras grundligt också. Anna tyckte det var roligt att få ett uppdrag och känna sig delaktig, när Johan kom hem från skolan fick han också hjälpa till. Efteråt så var det alltid fika i köket med kaffe och kaka och saft till de mindre syskonen. Anna tyckte om sammanhållningen som familjen hade och alla var hjälpsamma, det var sällan bråk och tjafs om något.

Tiden gick och Johan och Anna träffades så ofta de kunde, hon åkte alltid hem till honom. Hon hade lärt känna Johans kompisar, både killarna och tjejerna. Johan hade några killkompisar som var några år äldre och hade egna lägenheter. En del kvällar tillbringade de hemma hos dem och tittade på videofilm. Ibland tog de bilarna och åkte ut och körde runt på bygden eller åkte ut mot havet och satte sig på en klippa och umgicks, grillade korv och lyssnade på musik i någons medhavda bergsprängare. Anna älskade turerna till havet. Johan hade börjat övningsköra och han längtade efter att få körkort. Han hade redan köpt en bil som han meckade med i kompisens garage. Johan hade en praktikplats där han fick betalt, så varje månad fick han en liten lön.

Anna hade börjat på gymnasiet men hennes betyg från grundskolan var inte så bra. Hennes önskan hade varit att få börja på konstfack men betygen räckte inte till.

 Och mamma Kerstin tyckte att Anna skulle ha ett ordentligt jobb som hon kunde försörja sig på, inte bli konstnär. Anna kämpade aldrig emot det eller försökte aldrig jobba upp betygen, kraften fanns liksom inte till det hos henne. Hon hade kommit in på konsumtionslinjen, en utbildning i kost, hälsa och hushållning på två år.

 Anna tyckte att utbildningen kändes tråkig, hon ville vara fri från skolan och tjäna egna pengar som Johan gjorde. Därför hoppade hon av utbildningen efter en tid och fick arbete på sin syster Monicas arbete. Det var ett enklare arbete där det behövdes organiseras i olika arkiv, kanske inte det roligaste arbetet men Anna tog det och var glad åt att få tjäna sina egna pengar. Hon var ju trots allt bara 16 år, men kände sig vuxen

och redo att möta världen. På vardagarna bodde Anna
fortfarande hemma med mamma Kerstin och Monica. Hennes
syster sökte lägenhet och var på väg att flytta hemifrån.
En dag när Anna kom hem från jobbet och klev in genom
dörren så såg hon Stures skor stå i hallen. Hennes blick
fastnade i spegeln som hängde på väggen i hallen, hon såg hur
det speglades in i köket och där stod Sture och halsade ur en
vinflaska vid skafferiet. Anna blev alldeles stel och kall
inombords, hon såg hur Sture snabbt ställde in flaskan i
skafferiet och tog några steg framåt. Anna låtsades som om
hon inte sett något för hon visste inte om Sture hade uppfattat
om hon sett honom halsa i vinflaskan. Hon hängde av sig
jackan och klev längre in i hallen, hon sa hej till Sture och
mötte hans blick. Han smålog tillbaka och sa hej till henne.
Hans blick var så obehaglig, tyckte Anna, det var som om han
klädde av henne med blicken.
En rysning gick igenom hennes kropp, hon slank snabbt in på
toaletten och låste dörren. Hon hade träffat Sture ett par
gånger tidigare när mamma Kerstin var med, han hade alltid
haft samma obehagliga blick då de hade mötts.
Inne på toaletten gick tankarna runt i huvudet, hon mindes
plötsligt tillbaka på när Åke på deras lantställe ofta ville busa
med tjejerna. Åke tog tag i henne och låtsades busa och
kramas medan han passade på att ta på Annas bröst och

rumpa, han gjorde lika med de andra tjejerna också. Anna
undvek Åke och gick en omväg förbi hans stuga. Åkes fru
Birgitta kunde säga till honom när han busade med dem.

-Åke, sluta och hålla på med de små flickorna!

Åke bara skrattade bort det hela och svarade.

-Jäntan är ju för go, vi busar bara lite.

Precis som om Anna ville att gubben skulle göra så och att
hon tyckte det var roligt.

Det hände att när det var fester och de vuxna druckit alkohol
så glömde gubbarna bort att de var andra i närheten och
började kramas och tafsa på de unga tjejerna, det var inte
alltid någon annan vuxen som sa ifrån när det skedde. Fast
Anna kunde visa sitt ogillande och faktiskt säga nej till att
kramas. Oftast drog hon sig undan från festerna eftersom hon
tyckte att vuxna betedde sig så märkligt och var även
obehagliga i vissa situationer.

Nu stod hon och tittade på sig själv i badrumsspegeln och blev
arg. Arg på Sture som var så oberäknelig, för det var så hon
kände. Vad kunde han ta sig till?

Och nu var han helt plötsligt i hennes hem och mamma
Kerstin var inte hemma, hon kände sig inte trygg. Hon fick
lite panik och visste inte riktigt vad hon skulle göra, tänk om
Sture var en sån där äcklig gubbe som Åke. Anna hörde att
det var tyst utanför badrummet, men hon hade inte hört att

Sture hade gått ut genom ytterdörren. Hon spolade i toaletten och satte på kranen, sköljde händerna och bestämde sig för att vara tuff och bestämd mot Sture om han försökte göra något mot henne.

Hon öppnade toalettdörren och såg att Sture satt i soffan och log mot henne. Anna bestämde sig snabbt för att gå ut.

-Jag går till en kompis, sa hon.

Sture fortsatte att le mot henne med sin obehagliga blick, han sa inget. Anna upplevde det som om han ville vara överlägsen mot henne på nåt vis, hon rös i hela kroppen och gick med bestämda steg mot hallen, satte på sig skorna och tog jackan och gick så fort hon kunde ut genom dörren utan att se sig om. Hjärtat dunkade i bröstet när hon småsprang nerför trappan och ut genom porten. Hon saktade ner stegen när hon förstod att Sture var kvar i lägenheten.

Fan i helvete, tänkte Anna. Nu var hon arg på mamma Kerstin också som lät Sture vara i deras hem. Hon såg hela scenariot framför sig igen när han halsade vin från flaskan i skafferiet. Mamma Kerstin brukade bara ta något glas vin på helgen, aldrig på vardagarna, så Anna hade blivit chockad när hon såg Sture dricka vin. Hon var inte van att hennes mamma gjorde så. Dessutom så hade hon sett hur vuxna kunde bete sig när de blev berusade. Festerna på lantstället spårade ofta ut, det blev bråk. Det var männen som oftast blev ordentligt onyktra och

kunde börja uppvakta någon annans kvinna, eller så kunde
männen hamna i slagsmål om olika saker. Anna tyckte det var
obehagligt när männen blev onyktra, hon visste aldrig vad
som skulle ske i deras närhet. Nu bestämde hon sig för att
aldrig mer vara ensam med Sture, hon tyckte han var
obehaglig och kände att hon inte kunde lita på honom.

 Anna gick mot centrum, hon visste att mamma Kerstin skulle
komma hem om ca en halvtimme från jobbet. Planlöst gick
hon runt på Domus bland damkläderna för att få tiden att gå så
hon skulle kunna gå hem igen.

Hemma hos Johan kände sig Anna aldrig otrygg. Johans
mamma och pappa drack sällan alkohol, det kunde hända att
de tog varsin öl till en lördagsmiddag, mer än så var det inte.
Det bråkades aldrig hemma hos Johan, lite små tjafs på sin
höjd. Anna tyckte om sammanhållningen och att de hjälptes åt
i hemmet, hon brukade ta med småsyskonen i vagnen och gå
ner till centrum och handla emellanåt.

Mamma Kerstin hade börjat tycka att Anna åkte hemifrån för
ofta och tillbringade för många helger hos Johan. Även om
Anna försökte förklara att hon hade Johan och sina nya vänner
där så blev det ofta konflikt mellan henne och mamma
Kerstin. Ibland åkte Anna och Johan ut till Sofia och
tillbringade helgen där. Mamma Kerstin menade att Anna
bodde ju fortfarande hemma och faktiskt inte var vuxen ännu,

hon ville att hon skulle vara hemma mer. Men Anna försökte förklara att hon ville leva sitt liv och dessutom kände hon sig vuxen. Och nu hade ju mamma Kerstin träffat Sture som hon verkade trivas med vad Anna uppfattade. Hon kunde höra hur hon pratade med sina väninnor i telefonen om Sture, det lät som om hon var kär i Sture, vilket Anna inte riktigt kunde förstå faktiskt.

När Anna klev innanför dörren efter att planlöst gått runt på Domus såg hon mamma Kerstins kappa hänga i hallen, hon blev lättad.

-Hallå, ropade Anna.

-Hej, hörde hon mamma Kerstin svara.

Anna gick in i köket.

-Vad blir det för mat?

-Falukorv och makaroner, svarade mamma Kerstin.

-Gott, sa Anna.

-Jo, du Anna. Jag glömde att tala om för dig att Sture har fått en nyckel hem hit, så han slipper stå ute och vänta på mig efter jobbet.

-Mm, svarade Anna.

Å nej, tänkte Anna. Nu kan han komma och gå som han vill i deras hem. Hon gillade inte tanken av att Sture hade fått tillgång till deras hem, hon litade inte ett dugg på honom.

Sture föreslog att han och mamma Kerstin kunde ta ett glas
vin till maten, mamma Kerstin svarade.

-Nej men det passar väl inte till korv och makaroner, sa hon
och småskrattade.

-Nej, det är klart, men ett glas efter maten kan ju smaka bra,
sa Sture och log mot mamma Kerstin.

-Ja visst, ett litet då, svarade hon tillbaka.

Anna blev så förvånad att mamma Kerstin ville dricka vin
med Sture, och dessutom på en vardagskväll. Hon kände att
hon fick nog av Sture nu. Hur skulle hon kunna förklara för
mamma Kerstin vad hon sett tidigare på eftermiddagen, att
Sture halsar vin från skafferiet. Mamma Kerstin skulle inte tro
på henne, hon skulle säga att hon sett fel eller hade livlig
fantasi, tänkte Anna. Och hur skulle hon förklara för mamma
Kerstin att Sture klär av henne med blicken när han tittar på
henne, förresten så gjorde han det i smyg kom Anna på. För
när han var med mamma Kerstin så betedde han sig på ett
annat sätt, tyckte Anna.

Hon åt upp maten snabbt och bestämde sig för att åka till
Johan den här onsdagskvällen. Hon stod inte ut med tjuv
blickarna från Sture och att vara hemma när de skulle dricka
vin efter maten. Hon tackade för maten och reste sig och gick
till telefonen i hallen, lyfte luren och slog numret till Johan

och hörde att det var han som svarade när signalerna hade gått
fram.

-Hej, det är Anna.

-Hej, vad vill du? sa Johan.

Anna tog mod till sig och sa.

-Jag tänkte komma till dig idag.

-Va, nu? svarade Johan.

-Ja,nu. Går det inte? eller?

-Jo, visst, men vi brukar ju inte ses i veckorna eftersom vi ska
upp tidigt och jobba. svarade han.

-Ja, jag vet. Det är väl inga problem egentligen, eller? sa hon.

-Nej, svarade han.

-Bra, jag tar nästa buss, ses snart, sa Anna.

-Okej, svarade han tillbaka något förvånat.

När hon lagt på luren kände hon hur hjärtat bankade i bröstet,
så skönt att slippa vara här hemma, tänkte hon. Hon gick in
till sitt rum och packade sin ryggsäck med kläder hon behövde
och bestämde sig för att berätta för Johan om vad som hänt
hemma och hur hon kände för Sture.

De hade gått en tid nu, sedan Anna berättat om sin situation hemma, för Johan. Han hade övertalat Anna om att berätta allt för Johans mamma. Hon i sin tur hade erbjudit Anna att bo hos dem ett tag framöver. Anna hade försökt att förklara för mamma Kerstin att hon inte ville bo hemma om Sture var där, men det var svårt att komma överens och förstå varandra, kände Anna. Efter några diskussioner och samtal mellan mamma Kerstin och Johans mamma så hade Anna flyttat in i deras familj. Det kändes bra trots allt, här var hon ju trygg i alla fall hemma hos Johan.

Dagarna flöt på som vanligt, både hon och Johan arbetade. På kvällarna och helgerna tittade de på videofilm, åkte bil eller umgicks med vänner. Johan hade tagit körkort och fått en anställning på ett företag. Anna hade också bytt jobb och städade på ett kontor inne i stan. Hon trivdes med sitt liv och kände sig faktiskt nöjd.

Johans mamma hade pratat om att det var dags att Johan flyttade hemifrån, hon ville hjälpa honom att få en lägenhet. Anna ville inte riktigt flytta ensam med honom till lägenheten, hon trivdes så bra hemma hos Johans familj. Småsyskonen hade börjat se henne som en storasyster och hon visste inte om hon var redo ännu att bo själv med Johan. Han hade börjat att vara mer själv med kompisarna, gjorde saker som hon inte kunde vara med på, som att åka och mecka med bilen i någons garage. Egentligen så tyckte Anna att det var okej att han gjorde saker själv för hon trivdes ju så bra hemma med familjen. Men han hade börjat att visa en annan sida av sig själv, han sa ifrån på ett sätt som gjorde Anna osäker. Hon ville ju inget hellre än att tillbringa all sin lediga tid med Johan.

Han hade ju gett en del av sitt hjärta till henne och hon hade tagit emot det, givit hela sitt hjärta tillbaka till honom. Hon njöt och gav sig hän åt kärleken. Hon kunde känna ljuset komma tillbaka i henne stundvis och hon tillät sig att vara i det. Det påminde om ljuset hon sett som barn, det kärleksfulla ljuset som kom från universum. Det var som en pusselbit som föll på plats i henne. Allt var inte mörkt längre. Det fick henne att få kraft och mod. Hon kände att hon växte inombords på något vis.

Energin mellan Johan och henne blev så påtaglig, den påminde om de sätt hon kunde känna energi med hästarna. Hon kunde känna hur Johans energi var och tyda honom och hans känslor. Vilket var både på gott och ont. När hans energi var god så mådde hon bra men var hans energi obalanserad så kände hon sig mer illa till mods. Hon var som en spegelbild av honom utan att hon var medveten om det själv. Hon gav allt av sig själv för honom och kärleken, var honom till lags.

Efter ca två och ett halvt år i deras relation tog Johan sakta
men säkert tillbaka den delen av sitt hjärta som han hade gett
henne för en tid sedan. Han hade fått en egen lägenhet som de
båda flyttade till. Hon kunde känna att han började undvika
henne, ville inte alltid vara tillsammans med henne. Han gled
sakta längre och längre bort från henne. Hon fortsatte att ge
hela sitt hjärta åt honom och förstod inte varför han inte
svarade tillbaka på hennes kärlek.

Vad gjorde hon för fel? Varför ville han inte ha hennes kärlek?
Energin mellan dem var inte som den hade varit förut. Nu för
tiden kände hon hur Johan undvek henne mest. Hon blev illa
till mods men förmådde sig inte att tala om för honom hur hon
kände, utan hoppades på att allt skulle bli som vanligt igen.
Han talade inte heller om för henne hur han kände. De levde
som i ett vakuum. Han kom ofta hem senare från sitt arbete.
När hon ibland frågade varför han var sen, så svarade Johan
henne att han varit upptagen efter jobbet. Hon vågade inte
fråga varje gång han var sen utan antog att Johan tillbringade
tid med kompisarna i garaget och meka med bilen. Vid ett
tillfälle när de hade åkt iväg för att köpa hamburgare på
grillkiosken mötte de några vänner där. Efter de hade beställt
sin burgare och åt dem sa en av killarna till Johan.

-Hur går det med Madde på jobbet då? Johan.

Anna blev alldeles stel, hörde hon rätt? Vilken Madde? På hans jobb? Hon visste ingenting om det här, Johan svarade.

-Jo, men idag hade vi kul när vi skulle bygga ihop en ställning, då kom Madde och ville vara med och bygga.

Johan sken upp när han berättade för sin kompis om Madde. Anna blev illamående och kunde inte äta upp sin burgare. Av Johans sätt att tala om Madde förstod hon helt plötsligt att Madde var viktig för honom. Hon bestämde sig för att fråga Johan om Madde när de kom hem.

-Vem är Madde? sa Anna.

-Hur så? svarade Johan.

-Du pratade om henne förut när vi var och åt, sa Anna.

-Ja, en tjej på jobbet bara, svarade han.

Anna såg att han blev sur och ville inte prata mer för han reste sig upp från soffan och gick in på toaletten. Det här kändes inte bra, tänkte Anna men beslöt sig för att inte fråga mer om Madde.

Det gick några veckor och en kväll när Anna hade väntat på Johan i två timmar efter jobbet så ringde telefonen. Det var Johans mamma som ringde och meddelade att Johan inte kommer hem ikväll för han jobbar över och ska övernatta hos Madde.

Anna blev helt stum, hon svarade bara ett mumlande jaha tillbaka och la på luren. Det knöt sig i magen på henne, hon

kände att den här situationen var fel. Hon kunde inte göra
något, hon hade inget telefonnummer till Madde så hon kunde
ringa och tala med Johan.

Men hon visste innerst inne att det hade hon aldrig haft mod
till. Hela kvällen hoppades hon på att han skulle ringa hem till
henne eller att han skulle ångra sig och åka hem. Men hon
kände inom sig att hon satt uppe förgäves och väntade. Hon
hade ändå ingen ro till att sova, hon låg vaken i stort sett hela
natten. Ändå åkte hon iväg till jobbet som vanligt dagen
därpå. Anna hoppades att han skulle vara som vanligt igen när
hon kom hem från jobbet den kvällen. Hon såg att hans bil
stod på parkeringen när hon kom gåendes från bussen. Hjärtat
dunkade i bröstet på henne, skulle allt vara som vanligt igen?
Hon tog upp nycklarna ur fickan och låste upp dörren, klev in
i hallen. Hon såg Johan ligga på soffan och titta på tvn. Hon
gick in och satte sig i fåtöljen bredvid soffan och sade hej till
honom.

-Hej, svarade han men tittade inte på henne.

Hon satt bara tyst bredvid, tillslut tog hon mod till sig och sa.

-Jaha, du arbetade över i går hörde jag.

-Ja, vad är det med det då? svarade han.

-Ingenting, men var du tvungen att sova borta då? sa Anna.

-Ja, jag kunde inte ta mig hem, svarade han.

Anna kände att han ljög för henne och hon kände hur ilskan
bubblade upp i henne och svarade tillbaka.

-Det kunde du visst, du har ju bil.

Sen slank det ur henne bara.

-Varför sov du hos den där Madde?

-För att jag ville det, svarade han utan att se på henne.

Anna blev så arg att hon inte kunde känna hur ledsen hon
egentligen var, hon svarade.

-Men så gör man väl inte.

-Jag gör som jag vill, sa Johan som nu började bli upprörd.

-Förresten, jag vill göra slut. Det är slut mellan oss nu, sa han.

Anna blev helt chockad, hörde hon rätt? Hon var så arg att
tårarna började rinna ut med hennes kinder, hon svarade.

-Jaha, och bet sig i läppen.

Johan svarade inte utan fortsatte att titta på filmen.

Det snurrade i huvudet på Anna, hon mådde illa. Det var som
om Johan var oförsiktig med hennes hjärta när han skulle ge
det tillbaka till henne, han tappade det och de föll i golvet och
gick i tusen bitar. Det kändes som hon föll sakta ner på golvet
och försökte samla ihop spillrorna av sitt brustna hjärta. Hur
skulle hon laga det här?

Det var som en obehaglig mardröm alltihop.

Hon reste sig och gick ut mot köket, hon ville inte visa Johan
att hon grät. Hon öppnade kylen, tog fram smör och ost. Tog

en limpskiva som låg i påsen på bänken och satte sig vid bordet, började sakta bre smörgåsen. Hon torkade bort tårarna från kinderna och tog en tugga av smörgåsen men kände att hon inte var hungrig. Hon satt bara och tittade ut genom köksfönstret. Egentligen så borde hon inte vara chockad, för hon hade fått tydliga signaler från Johan att han ville bli fri från deras relation.

 Men hon hade inte velat se dem, hon hade varit oförmögen att prata med honom om vad hon kände, eller fråga om hur han kände det. Så hon hade låtit tiden gå och hoppades bara på det bästa, att allt skulle bli som vanligt igen.

Hon hade givit sitt hjärta till honom och hela sin kärlek, hon var så kär i Johan. Kärleken var så ren och fin, så oförstörd och vacker. Hon förstod att hon hade varit kär i den självaste kärleken också. Men nu var kärleken obesvarad från Johan till henne. Vad skulle hon ta sig till?

Johan hade varit tydlig mot henne, han ville att hon skulle flytta så fort som möjligt nu när de inte var tillsammans längre. Han var bestämd och pratade inte med henne, behandlade henne som luft. Hon insåg att han inte skulle ändra sig och hon var inte den som bönade och bad utan accepterade det hela bara, var honom till lags som vanligt, hans vilja rådde.

Tredje delen

Anna hade berättat om sin situation för en av tjejerna på jobbet som hon kom bra överens med. Caroline hade lyssnat på henne och efter en stund så sa hon till Anna att hon säkert kunde bo hemma hos Caroline och hennes pappa. De hade ett litet rum till övers, hon skulle fråga sin pappa om Anna kunde bli inneboende hos dem en tid framöver. Anna tyckte det lät bra, hon hade ju ingenstans att ta vägen. Hon ville inte flytta hem till mamma Kerstin eftersom Sture hade flyttat in direkt efter att hon flyttade hem till Johan och hans familj. Hon och mamma Kerstin pratade inte så ofta med varandra, och Anna kände att hon inte hade lust att dra historien om Johan för henne, det var så smärtsamt för henne.

Kort därefter flyttade Anna in i det lilla rummet hos Caroline och hennes pappa.

Hon hade bara med sig en väska med kläder, för alla möbler som hon och Johan hade i lägenheten var hans även porslinet i köket och några få prydnadssaker. Allt hade Johans mamma ordnat till lägenheten när han fick den och flyttade in med Anna.

Det lilla rummet som Anna flyttade in i bestod av en enkel säng med en flerfärgad trasmatta nedanför och en stol som

stod i hörnet av rummet. Anna ställde stolen vid sängen som
ett nattduksbord, sängkläder och kudde fick hon låna av
Carolines pappa. Anna orkade inte engagera sig och inreda
rummet, hon hade ingen lust att köpa nya saker och göra det
fint, det fick vara. Hon var alldeles tom inuti. Ingenting
spelade någon roll längre, kände hon. Det enda hon ville var
att vara med Johan igen, det var

så tomt och ensamt att sova själv på nätterna. Saknaden var
som ett stort svart hål i henne.

 Några gånger ringde hon till honom men han var alltid
upptagen och hade inte tid att prata med henne, han var
väldigt kort i telefonen, det gjorde ont i henne. Det var svårt
att bara bryta relationen så hastigt tyckte hon. Hur skulle hon
kunna leva utan Johan? Hon kände sig förkrossad. Nu var det
bara Caroline hon umgicks med, alla vänner som hon haft när
hon bodde med Johan försvann när hon flyttade ifrån honom.
På dagarna arbetade hon och efter jobbet åkte Anna hem till
sitt lilla rum, tittade på tv med Caroline och hennes pappa på
kvällen. Ibland åkte de iväg och handlade i det nya
köpcentrumet en bit bort från där de bodde. De gick planlöst
runt och tittade i butikerna, hon köpte sällan något på sin höjd,
en godisbit eller en glass. Anna åkte mest med för hon inte
hade något annat att göra på kvällarna och några nya vänner
hade hon inte att umgås med, hon orkade inte ens anstränga

sig för att träffa några. De hände att hon ringde till sin syster
Monica och pratade ibland, hon hade flyttat in i en
andrahandslägenhet. Anna blev dit bjuden på middag, hon tog
bussen dit och hälsade på sin syster. Monica bjöd på ravioli på
burk med riven ost på som hon gratinerade i ugnen och lite
isbergssallad som tilltugg. Matlagning var inte Monicas
starkaste sida, hon spelade volleyboll och umgicks med sina
vänner, var ute och festade på helgerna. Nu föreslog Monica
att Anna skulle följa med ut och festa tillsammans med henne.
-Häng med ut, Anna. Du kanske träffar en ny kille, du verkar
ha det så tråkigt nuförtiden.
-Nej tack, jag har ingen lust, svarade Anna tillbaka.
Hon ville inte träffa någon ny kille, hon ville ha Johan
tillbaka. Ingen annan. Nu blev hon ledsen kände hon, Monica
måste ha sett det och fortsatte.
-Om två veckor ska jag ha en tjejfest här hemma, kom då i
alla fall.
-Ja, kanske det, svarade Anna.
-Om du vill kan du följa med ut efteråt, vi ska till Loket, sa
Monica
Loket var den lokala restaurangen med disco på fredagar.
Monica kände honom som arbetade som diskjockey där.
-Vi brukar gå dit ibland, förresten har jag sett dina gamla
klasskompisar där, sa Monica.

-Jag ska tänka på saken, svarade Anna.

Anna hade inte varit hos Sofia på flera månader, nästan ett år när hon tänkte efter. Och ridskolan slutade Anna på när hon flyttade hem till Johan, det blev för långa resor tyckte hon. Ridningen hade hon släppt när hon bodde hos Johan, hon gjorde det som han gjorde på fritiden. Nu när hon inte var tillsammans med Johan längre kunde hon sakna hästarna och ridningen, men hon hade inte lust att börja ta ridlektioner nu för hon kände sig för gammal. Hon var nitton år, och då måste man ta privatlektioner om man ska rida på fritiden, det vill hon inte involvera sig i. Hon drog sig för att ringa till Sofia, hon visste inte riktigt vad hon skulle säga till henne faktiskt. Det kändes så svårt allting.

Dagarna gick och veckorna flöt på, det hände liksom ingenting fast tiden gick fort. På nåt vis behövde hon vara i sin bubbla, få tid att tänka på allt som hänt när hon var tillsammans med Johan. Nu när hon var själv utan honom vid sin sida, så förstod Anna att hon hade gjort allt han ville göra, inte talat om eller ens tänkt på vad hon själv ville. Nu fanns det tid till att reflektera över vem hon var? Och vad hon ville göra med sitt liv framöver. Det var inte enkelt, hon kände sig vilsen. Hon hade alltid lyssnat på andra och gjort det som hon trodde sig förväntats av dem ända sen hon var ett litet barn. Det kändes som om hon inte hade någon stabil grund och stå

på. Hur skulle hon vara? Vem skulle hon lyssna på? Det var
som om marken gungade under hennes fötter.

Anna hade tackat ja och varit med på Monicas tjejfest. De
flesta av Monicas vänner kände hon till sen några år tillbaka.
De hade ätit middag och pratat en hel del under kvällen, sedan
gick de till Loket för att dansa och träffa ännu fler av Monicas
vänner. Anna hade träffat sin gamla klasskompis Mats på
kvällen, och de dansade och pratade gamla minnen.

-Vad kul Anna att du är hemma igen, sa Mats.

-Ja, det känns bra, svarade hon tillbaka.

Egentligen så hade Anna inte haft något emot att flytta ifrån
sin hemort och till Johans. Hennes skoltid hade känts ganska
dyster, hon hade bara umgåtts med några få tjejer i klassen
sporadiskt och ibland var hon och Monica ute och spelade
fotboll med de andra barnen i området där hon bodde, fotboll
hade aldrig intresserat Anna men det var gemenskapen med
de andra barnen hon gillade. Även om hon bröt upp från sin
hemort på grund av att hon kände sig obekväm i sitt hem med
Sture närvarande så fanns det en nyfikenhet i henne att få
träffa nya människor även fast hon var blyg. Hon hade haft en
bra tid då hon bodde hos Johan. Träffat nya vänner men nu
var ju den tiden förbi förstod hon plötsligt när Mats och hon
pratade. Det sved till i magen på henne, hon kände sig tom på

ett vis som när man var utsvulten och inte har ätit på länge.

Hon blev lätt illamående.

-Du får gärna vara med i mitt kompisgäng om du vill, sa Mats och tittade på henne med en snäll värmande blick.

-Okej, vad snällt av dig, svarade Anna.

Mats berättade vilka de var i hans kompisgäng och Anna kände till flera av dem från skolan. Efter ett tag när hon hade umgåtts med Mats så drog hon sig tillbaka till Monica och kände att egentligen så ville hon bara hem och sova nu. Det blev lite för mycket att vistas på Loket med den höga musiken och människor som var onyktra. Hon hade fått sin dos av kvällen, men det tog ett tag innan Monica hade festat klart och de kunde åka hem till henne och sova. Det hade ändå varit kul att träffa Mats och Monicas vänner men det blev lite för mycket på en gång kände Anna när hon låg i sängen och funderade på kvällen som hade varit innan hon somnade. Mats och Anna hade bytt telefonnummer under kvällen, de hade skrivit ner sina nummer på en servett som de rev i två delar. Hon hade även nämnt att hon numera var inneboende hos Caroline.

Anna hade halva servetten kvar i väskan. Mats ville att de skulle ses fler gånger framöver, Anna hade svarat att de kunde de göra men där och då kände hon att lusten till det inte riktigt fanns. Orkade hon att engagera sig med nya vänner?

Carolines pappa köpte alltid Gula tidningen som var full av annonser, varje vecka var det en ny utgåva av tidningen. Han lusläste den vecka efter vecka. Ofta läste han annonser om hundvalpar som var till salu. En kväll föreslog han att de kunde skaffa hund ihop, Anna och han. De kunde hjälpas åt tillsammans föreslog han, dela upp hundpromenaderna och alla kostnader som kom med att ha en hund. Anna tyckte faktiskt att det lät lite lockande, tänk att få ha en hund från den är liten valp och sedan få vara med och se valpen växa upp. Att skaffa en hund helt själv förstod hon att det inte var möjligt, då Anna arbetade heltid inne i stan och inte kunde ta ut hunden och rasta den på dagarna. Speciellt en valp som krävde mer den första tiden i livet.

Efter många diskussioner med Caroline och hennes pappa så bestämde de alla tre att det skulle gå bra att ha hund tillsammans. Anna och pappan skulle stå för kostnaden för inköpspriset av valpen men även alla omkostnader som kom till för den. Caroline skulle endast vara behjälplig med hundvakt och hundpromenader någon gång då och då. De sökte igenom Gula tidningen och hittade en annons de fastnade för, en beige liten tik som var en blandning av olika fågelhundar. Pappan ringde och bestämde en avtalad tid som de skulle komma och få träffa den lilla valpen. Några dagar senare var det dags att få möta valpen, Anna blev förälskad direkt när den lilla beiga valpen kom springande klumpigt emot henne med sina alltför stora tassar. Allt kändes så rätt direkt, valpen tog en plats i Annas hjärta omgående. Hon talade med Caroline och hennes pappa om vad hon kände för hunden och de var inte svåra att övertala utan var också förtjusta i valpen. Den lille hunden fann sig tillrätta fort i hemmet och fick namnet Daisy. De turades om att gå ut med henne och hade ett schema vartefter de jobbade och såg till att Daisy var så lite ensam som möjligt. I början flöt allt på, alla var måna om Daisy.

Men vart efter att valpen växte till sig och krävde mer så såg Anna att pappan var väldigt dominant och hårdhänt mot den. De gjorde ont i hela Annas kropp när hon såg hur arg pappan kunde bli på Daisy, när han inte tyckte att hon uppförde sig som pappan ville. De hände att han sparkade till henne i sidan på kroppen med foten, och även tappade tålamodet när promenaderna med Daisy inte gick i pappans takt.

Då drog och slet han hårt i kopplen på henne. Anna sa till pappan att vara mer varsam med Daisy, varav pappan fnös tillbaka till henne att Daisy ska minsann tåla behandlingen för hur ska det annars bli hund av henne. Då insåg Anna att det skiljde sig åt i sina uppfostringsmetoder, pappan var hårt och bestämd och visade inte mycket ömhet till Daisy. En sida hon inte riktigt visste att pappan hade. Medan hon själv var mer inkännande, mjuk och tålmodig, tog sig tid att utforska världen tillsammans med Daisy och älskade att busa och gosa med henne.

Tiden gick och Daisy blev unghund, hon var lättsam att ha och göra med, tyckte Anna. All sin lediga tid tillbringar hon med Daisy, långa promenader gick de efter att Anna kommit hem från sitt arbete på dagarna. Vardagarna var som vanligt, de delade på att gå ut med Daisy enligt deras schema men när helgen kom så blev det annorlunda, Anna kunde känna sig illa till mods redan på torsdagarna. För hon hade sett ett mönster hos pappan som upprepas helg efter helg. Han drack alkohol varje helg och blev berusad. Anna hade inte märkt av det när hon flyttade in hos Caroline och hennes pappa, då hade hon mest varit på sitt lilla rum, lyssnat på musik och tänkt på allt med Johan, hon hade varit så upptagen av sig själv och sina tankar så hon inte la märke till pappans alkoholvanor.

Dessutom hade han mest varit i sin sommarstuga på helgerna och Caroline hade aldrig nämnt något om att hennes pappa drack sig väldigt berusad emellanåt. Nu var det skillnad när Daisy fanns, hon sprang fritt i lägenheten och Anna var gärna där Daisy var så hon var inte lika ofta instängd på sitt rum.

Det började på fredagseftermiddagen lite oskyldigt med en whisky när pappan kom hem från jobbet efter att ha slutat tidigt. Sen blev det två och fler därtill, så när Anna kom hem vid middagstid var han redan igång. Han brände även sin sprit själv i en stor rostfri apparat i köket som stod på en kokplatta på bänken och hällde sedan upp spriten på flaskor efter att hela processen var klar. Därefter hällde han i whisky essens i varje spritflaska och satt på en klisteretikett där det stod vad det var för innehåll i flaskan. Första gången Anna såg hembränningsapparaten hade hon inte förstått vad det var för mojäng som tog upp hela köket. De vardagarna när det kokades sprit i köket åt han rå falukorv på knäckemacka till middag för köket var ju barrikerat av hembränningsapparaten så det gick inte att laga mat, Anna åt fil och flingor på sitt rum. Dessutom var persiennerna nerdragna och endast en svag belysning var tänd i köket men pappan var alltid på gott humör när det kokades sprit. Anna kände sig illa till mods men vad skulle hon göra? Nu bodde hon ju här i sitt lilla rum och där kunde hon stänga in sig och gosa med Daisy. Pappan brydde sig inte om Daisy när hembränningsapparaten var framme.

På fredagarna stod de hembrända whiskyflaskan framme och han var till en början glad och trevlig och kunde till och med gosa med Daisy då. Men ju mer sprit han drack deså mer eskalerade hans humör, från trevlig till skrikig och dum. Han blev nedsättande till alla i omgivningen, även till hunden.

Ingen dög till någonting och alla var urusla på allt skrek han ut från soffan i vardagsrummet. De dagarna spriten styrde i hemmet ville inte Anna bo kvar hos Caroline och hennes pappa.

Våren närmade sig och pappan började prata om sin stuga på landet. Vid några tidigare fylle helger hade han nämnt att han minsann skulle ta med sig Daisy och åka ut till stugan och bo där över sommaren. Paniken kom upp i Anna när hon tänkte på hur han skulle behandla hennes älskade Daisy i sina fylleslag. Anna kom på en briljant idé, hon kunde ju köpa ut Daisy från honom och flytta därifrån. Det hade tagit så mycket energi från henne att ständigt vara på tå för att se om pappan var nykter eller onykter när de bodde under samma tak, även om hon hade sitt eget rum hon hyrde så stod hon inte ut längre, kände Anna. Daisy skulle också få det bättre, mer lugn och ro, tänkte hon om det bara var de två tillsammans. För Anna såg och kände av Daisys energi, hon gillade inte pappan när han var berusad. Men hon gjorde aldrig något utfall eller morrade mot honom utan var bara underkastad honom som hund.

Nu var det fredag igen och Anna kom hem och såg att pappan hade druckit whiskey igen. Flaskan stod på köksbänken och han satt i soffan och hade ett glas framför sig med whisky i. Han skrek åt Caroline att hon skulle komma och fylla på hans tomma glas med mer whisky. Caroline gick ut från sitt rum och hämtade spritflaskan i köket och gick för att fylla på glaset åt honom.

-Skynda dig på, Caroline, skrek han rakt ut.

-Du är så jävla sävlig, det har du alltid varit, sa han i nedsättande ton till henne.

Caroline ökade stegen fram mot soffan och skruvade av korken på flaskan och fyllde upp glaset i tystnad. Hon vände sig om och gick tillbaka med flaskan i köket och sedan vidare in i sitt rum. Anna blev så arg när hon såg hur nedlåtande pappan var mot sin egen dotter. Bestämt gick hon in i vardagsrummet och sa till pappan.

-Jag tänker flytta och vill ta Daisy med mig.

-Va, halvt skrek han tillbaka och tittade upp på henne.

-Ja, jag ska flytta och vill köpa ur din del i hunden, svarade hon tillbaka.

-Det går inte, sa han och tog en klunk whiskey ur glaset.

-Varför inte då? sa Anna.

-Jag ska inte sälja min hund, sa han ännu mer bestämt nästan lite argt.

Anna kände paniken komma i henne, hur kunde hon tro att han skulle gå med på det här så enkelt. Hon fortsatte.

-Ja, men jag betalar ju för din del du äger av Daisy och jag tror hon får det bättre hos mig.

Det sista skulle hon aldrig ha sagt, det bara flög ur henne men kom direkt från hennes hjärta när hon sa det. Han reste sig hastigt från soffan och kastade sig fram mot henne, tog strypgrepp om hennes hals. Knuffade henne, fortfarande med sina händer om hennes hals, ut i hallen och tryckte upp hennes kropp mot garderoben.

-Vad då bättre? skrek han rakt i hennes ansikte.

Hon var skräckslagen, kunde inte svara honom, dessutom så kunde hon knappt andas med hans grova händer om sin hals. Det var som om tiden stannade upp, hon fick inte fram ett ljud utan var bara rädd, rädd för sitt liv. Han måste ha sett skräcken och rädslan i hennes ögon för han släppte greppet och sa.

-Vi drar lott.

-Va, harklade Anna tillbaka.

-Vi drar lott, den som får lotten vinner henne.

Han tog tag i en tidning som låg på hallbordet och rev av ett hörn och knycklade ihop det. Bollade det ihop knögglade pappret mellan händerna ett par gånger och tog händerna bakom ryggen. Tog fram händerna efter en kort stund och sa till henne.

-Välj hand.

Anna var som paralyserad, sa ingenting medan allt pågick. Hon tittade på händerna och hann tänka " nu måste Daisy bli min för alltid, låt mig få lotten, snälla". Hon bad men visste

inte till vad egentligen men hon förstod att hon behövde hjälp.
Hjälp till sig själv, hjälp till hunden.

Blicken drogs till den högra handen, hon tvekade aldrig utan
slog med fingrarna på den stora knutna näven. Han vände och
öppnade handen.

-Fan, du vann.

Hans blick blev svart, inte svart av ilska utan svart av sorg
förstod hon. Han vände sig om, gick mot soffan och satte sig
tungt ned, tog en stor klunk whiskey ur glaset.

Hon skyndade sig in i sitt rum och packade ihop sina saker i
ryggsäcken. Bestämt fortsatte hon mot köket, tog hundmaten i
skafferiet och knöt fast påsen på ryggsäcken. Vände sig om
och stegade mot hallen och sa till pappan utan att se honom i
ögonen, för hon var rädd för hans reaktion.

-Jag sätter in pengar på ditt konto.

Han svarade henne inte. Kopplet hängde på sin plats i hallen
så hon ropade på Daisy, kopplade henne, slängde på sig
jackan och skorna i all hast. Gick ut genom ytterdörren, sa ett
sista hastigt hejdå till Caroline och hennes pappa.

Luften var kall men avkylande för henne när hon kom ut på
gården. Värmen i hennes kropp avtog steg efter steg hon tog
mot busshållplatsen. Vad hade hon varit med om nyss?

Scenariot spelades upp i hennes huvud, hon såg sig själv stå
upptryckt mot garderoben med hans kraftiga händer om sin

hals. Samma händer som höll i lotten som hon nyss vann. Rysningen for genom hennes kropp och hon skakade lite grann. Ökade stegen och tittade bakåt för att se om han kom efter henne och Daisy. Fort gick hon, nästan småsprang med Daisy vid sin sida. Aldrig mer en berusad man i min närhet tänkte hon, trygghet ville hon ha. Lugn och ro. Nej, aldrig mer en alkoholiserad man nära, nu är det du och jag, Daisy tänkte hon, och tittade på henne rätt i ögonen, nu och för alltid. Daisy mötte hennes blick och Anna kände kärleken ifrån henne. Hon började gråta.

Anna trivdes i sin lilla lägenhet, hon hade haft turen att få en hyreslägenhet i sin hemstad en tid efter att hon hastigt flyttat ut från Caroline och hennes pappa. Hon hade kontaktat sin syster Monica och bott hos henne en kort tid. Nu ville hon starta om på nytt, göra saker som passade in i hennes liv. Anna utgick utifrån sig själv mer och mer, hennes tid med Johan och vara honom till lags hade hon funderat mycket på. Hon lyssnade mer inåt på sin egen inre röst och då och då kom insikter om vad som gör livet mer vackert och kraftfullt. Det var hon och Daisy nu som tog sig an livet och allt vad de erbjöd.

Ett problem som skavde i henne var att pendla in till jobbet varje dag, för hon kunde inte gå ut med Daisy på lunchen. Det fanns inte tid till att sitta och åka fram och tillbaka på luncherna så hon hade löst det tillfälligt med att en dam i hennes port hade en nyckel till hennes lägenhet och tog ut Daisy på en lunchpromenad. Men det var inte hållbart i längden vare sig för henne eller Daisy. Anna funderade på hur hon skulle kunna lösa problemet framöver.

En dag när hon var och handlade i sin närbutik så stannade hon till vid anslagstavlan vid entren, det var rubriken på lappen som fick henne att stanna upp. Barnflicka sökes stod det med stora bokstäver. Hon läste på lappen att det var en

familj som var i behov av en barnflicka till deras son på tio
månader, fyra dagar i veckan. Anna fick direkt en bra känsla
för det hon läste, kanske det här var lösningen på hennes
lunch problem med Daisy. Hon rev av en bit av lappen där
telefonnumret stod till familjen och la i fickan. Det skulle
passa henne perfekt att ta hand om den lilla pojken på dagarna
och förhoppningsvis så skulle Daisy också kunna vara med
tänkte Anna. Hon var redo att göra förändring och göra saker
som kändes rätt för henne. Alldeles för länge hade hon varit
en skugga av andra. Nu ville hon leva och göra allt som hon
tyckte var roligt och passade utifrån hennes behov. Det spred
sig en bubblande glädje i henne när hon tänkte på att hon
kunde leva livet på sitt eget sätt utifrån sig själv.

Hon stoppade handen i fickan och fingrade på den lilla lappen
för att försäkra sig om att den låg kvar, så hon kunde ringa
direkt när hon kom hem.

Allt gick så snabbt, hon hade sagt upp sig från sitt jobb dagen
efter att bekräftelsen kom från familjen om att hon skulle bli
deras barnflicka framöver. Två veckor efter sin uppsägning så
var hon redo att börja hos familjen. Anna hade haft semester
att ta ut från sitt gamla jobb och kunde dessutom få lite av
semestern i pengar, vilket passade bra som en lite buffert.
Familjen hade blivit förtjusta i Daisy också så det var inget
problem att ha henne med sig på dagarna. Pappan i familjen

hade jagat tidigare och älskade fågelhundar så Daisy var välkommen. Anna skulle precis klara sig på sin lilla lön som barnflicka men tänkte också att det säkert löser sig alltid ekonomiskt framöver, inget är omöjligt, och hennes lilla buffert skulle räcka en tid framöver till oförutsedda utgifter. Varje morgon tog Anna och Daisy en promenad hem till pojken som hon passade på dagarna, det var en bit att promenera men då fick Daisy motion också. Familjen var väldigt generös mot Anna, ofta fanns det en liten matlåda i kylen till henne. Och hennes lön stod alltid i ett kuvert på köksbordet punktligt den sista varje månad. Ofta kom mamman till pojken hem tidigare på dagarna från sitt jobb och då bjöd hon Anna på fika, men gjorde aldrig avdrag på hennes lön. Hon trivdes väldigt bra hos familjen, varje dag var hon ute på barnvagnspromenader med pojken och Daisy. Hon var noga med att städa ordentligt hos familjen så det inte skulle finnas några spår efter Daisy och hade alltid med sig en handduk i ryggsäcken som hon kunde torka Daisys tassar på om det var regnigt och blött ute. Ofta gick hon små ärenden till familjen, en dag när hon skulle handla ägg och mjölk i den lilla matbutiken som låg i närheten av där familjen bodde så satt det en stor lapp på dörren in till butiken "Extra kassörska sökes" stod det. Anna blev så glad, det här skulle vara ett perfekt extrajobb för henne, det var visserligen en bit bort från hennes bostad men hon var beredd att promenera den vägen för att få extrajobbet i butiken. Hon hade tagit körkort men hade inte råd med någon egen bil, och någon buss gick inte in i det här villaområdet men det gjorde henne inte någonting för hon tyckte om att promenera. Efter att ha ringt till butiken och fått komma på intervju så var jobbet faktiskt hennes. Butiksägaren hade känt igen Anna eftersom hon var där och handlade med den lilla pojken, han hade frågat henne vem som skulle passa barnet när hon arbetade på kvällarna. Anna hade börjat fnissa och förklarade att det inte var hennes barn, ägaren hade då erbjudit henne jobbet som kassörska då han förstod att hon kunde hoppa in med kort varsel. Första gången på länge så insåg Anna att hon kände sig glad och lätt i kroppen.

Allt gick i hennes väg som hon önskade och ville ha det, hon hade möjliggjort olika saker för sin egen skull. Det som hon själv ville, utan att någon annan talade om hur hon skulle göra eller vara. Allt var inifrån hennes egen önskan, hon kände med hjärtat igen. Det hade hon inte gjort sen hon var ett litet barn. Hon ville inte bli ledd eller låta sig styras av någon annan längre. Nu ville hon leva från hjärtat på sitt vis, vara Anna helt enkelt och stå upp för sig själv och göra det som blev bäst för henne.

Alla dagar var inte rosenskimrande eller i något härligt flow, det fanns en vardag med, det måste finnas tid som är tråkig också för att kunna uppskatta det som är roligt förstod hon. Att försöka se glädjen i det lilla, uppskatta de små tingen i vardagen som att promenera med Daisy. Få vistas utomhus och få energi från naturen gjorde henne gott ända i själen och hjärtat. Det fanns stunder då hon tänkte på Johan och till och med saknade honom, fast det hade gått en lång tid nu. Deras kontakt hade runnit ut i sanden, hon ringde några gånger men blev alltid avvisad av honom.

 Och vännerna de hade tillsammans hörde hon inte av, och hon hade inte ringt till dem heller. Hon förstod att den tiden var över nu. Men ändå gjorde det ont att tänka på Johan, som en tagg som stack henne på insidan av bröstet. Hon hade ju överlåtit sitt hjärta till honom så han kunde bära det åt henne, vilket hon trodde att han skulle göra och vara varsam med det. Precis så varsamt som hon hade burit hans hjärta, men det var över nu. Och hon behövde tid, tid till att läka och bygga upp sitt krossade hjärta igen. Finna tillit till att någon var beredd att bära hennes hjärta på nytt framöver, och då skulle hon vara redo att lämna över det med kärlek. Någon ny pojkvän hade hon inte riktat in sig på utan hade fullt upp med att skapa sitt eget liv nu.

-Hej, vad gör du?

-Hej, jag gör faktiskt ingenting.

-Vill du gå med på en promenad med Daisy?

Anna hade tagit kontakt med Mats och börjat umgås med honom litegrann på fritiden. Oftast tog de långa promenader med Daisy tillsammans och pratade om allt möjligt. Mats bodde fortfarande hemma hos sina föräldrar, det hände ibland att Anna åkte hem till Mats och de brukade titta på film tillsammans. Daisy var alltid med Anna vart hon än gick, hon var en lugn och väluppfostrad hund som charmade de flesta människor i sin omgivning. Mats mamma bjöd alltid på fika och småpratade med Anna när hon var på besök hos dem. De bodde i en stor villa, Mats och hans familj.

 Den bestod av två plan, på det övre planet fanns ett stort kök, fyra sovrum och vardagsrum med en stor matsalsdel och två toaletter. På det nedre planet fanns det en stor gillestuga med bardel och intill låg ett rum som var mysigt inredd med stolar gjorda av rotting och bord samt en bastudel intill. Det var ett fint påkostat hem, det såg Anna.

Mats berättade att han skulle ha sin födelsedagsfest hemma i gillestugan.

-Du får gärna komma, sa han.

-Tack, jag ska tänka på saken, svarade Anna.

Hon kände till en del av hans vänner sen skolan men en del av dem hade hon aldrig träffat tidigare.

Kläderna hon valde till festen var inhandlade inne i stan. Hon hade gått runt och tittat i olika butiker, prövat flera plagg för att hitta sin egen stil. De kläder hon tyckte om helt enkelt. En lång aprikos färgad kjol hade fångat hennes intresse och i samma butik fanns en tunn stickad topp i samma aprikosa nyans som kjolen. Hon kände sig faktiskt fin, förr hade hon dolt sin kropp med säckiga byxor och tröjor men nu tyckte hon om att klä sig mer kvinnligt. Håret borstade hon igenom noga så det inte var några tovor, hon hade låtit det växa ut och nu hade håret blivit långt, sen gjorde hon en inbakad fläta. Hon snurrade runt ett varv framför spegeln och kände sig nöjd, det här var hennes nya vuxna kvinnliga jag. Daisy fick inte följa med på festen för Anna hade märkt att hon inte tyckte om berusade män, så hon lämnade henne hos mamma Kerstin. Umgänget med mamma Kerstin hade blivit bättre sen hon flyttade tillbaka till sin hemstad. Sure hade flyttat in till mamma Kerstin, Anna gjorde bara korta besök hos dem eller så åkte hon och mamma Kerstin iväg och handlade för veckan tillsammans. Anna hade fortfarande svårt för Sture och tyckte han var obehaglig med sina blickar mot henne när ingen såg på.

Festen började klockan sju på kvällen och Anna kom
punktligt, den inleddes med middag. Mats tog emot presenten
och kramade om henne, bad henne stiga in i vardagsrummet
till de andra gästerna. De hade dukats upp i matsalen såg hon,
det var fint porslin och tygservetter, besticken låg bredvid
varje tallrik alldeles blanka.

Mats hade sagt att han bjöd på dryck till maten och i baren
senare på kvällen så hon behövde inte ha med sig något att
dricka. Hon kände igen flera av gästerna och började småprata
med dem. Det var en del av Mats vänner som hade trott att
Anna och han skulle bli ett par, men hon hade varit noga med
att förklara att de bara var vänner när det kom på tal. Hon
kunde se hur några av killarna tittade på henne när hon steg in
i rummet och gav henne beundransvärda blickar. Hon hade
märkt att män kunde vända sig om efter henne när hon var ute
på stan.

En gång när hon var ute med Monica och dansade hade en
man börjat ta på hennes hår och sagt att hon var vacker. Anna
tyckte det hela var obehagligt men hon kunde förstå att hon
hade förändrats, nu när hon levde sitt liv som hon ville så
syntes det även utåt, hon utstrålade sitt välmående. Monica
hade sagt att hon blivit snyggare nu när hon hade flyttat hem
igen. Anna tänkte att mycket var Daisys förtjänst, för hon
kände sig så glad och faktiskt lycklig med henne i sin närhet.

Men hon visste också att hennes sätt att tänka hade förändrats, nuförtiden så tänkte hon alltid utifrån sig själv, vad hon ville och vad som kändes rätt för henne. Det hade hon inte gjort när hon var tillsammans med Johan, då lät hon honom bestämma och gjorde allt på hans vis.

 Hon la sig själv åt sidan, men nu hade hon börjat leva i från hjärtat fullt ut. De betydde inte att det var ett enkelt eller lättsamt sätt att leva på. Det fanns stunder då hon kunde tvivla och ifrågasätta sig själv om hon gjorde rätt val. I de stunderna var det inte så enkelt, hon kunde till och med känna sig ensam emellanåt fast hon hade Daisy vid sin sida och sin syster och mamma.

När middagen var avklarad visades de ner till gillestugan och fick en drink i baren. Anna drack sparsamt med alkohol, hon fick ofta hjärtklappning och kände en obekväm känsla i kroppen. Läsk fungerade bra, hon hade märkt om hon tackade nej till alkohol så var det ändå någon som skulle försöka bjuda, för det var ju inget roligt att festa utan att dricka alkohol. Och förklara att hon hade trasigt hjärta orkade eller hade hon ingen lust till, så Anna brukade dricka läsk i drinkglas, och då märkte oftast ingen att hon inte hade alkohol i glaset. När drinkarna började serveras så frågade hon om det fanns läsk tillgängligt till henne, hon fick det serverat i ett drinkglas med ett leende från Mats som stod i baren. Musiken strömmade högt ur högtalarna och det hade ordnats en disco kula ovanför dansgolvet i gillestugan, det var som ett litet diskotek på nedre plan av det stora fina villan.

Anna dansade mycket under kvällen, hon gillade att dansa i takt med musiken. Mats var musikintresserad och hade den senaste musiken och några gamla godingar också, alla verkade nöjda med musiken och dansade. Alla dansade med alla på dansgolvet, var det en bra låt som man gillade, gick de upp och dansade tillsammans.

En kille dansade nära Anna ett par gånger under kvällen, märkte hon. Honom hade hon inte träffat tidigare, ofta gick han direkt upp på dansgolvet efter att Anna hade gått upp för att dansa. Han ställde sig alltid nära henne, Anna la märke till att han inte hade så lätt att hålla rytmen och var nästan lite obekväm när han dansade. Hon tänkte inte så mycket mer på det, utan umgicks med Mats vänner resten av kvällen. En av killarna var nykter hela kvällen och var chaufför till de andra festdeltagarna, han skjutsade hem de som ville ha skjuts hem. Anna tyckte det var skönt att få åka hem och sova i sin egen säng, och dessutom skulle hon hämta Daisy tidigt dagen efter. Festen hade varit rolig, hon hade dansat mycket och pratat med många under kvällen. Några av killarna hade tjejer som hon hade lärt känna på kvällen också. Mats ringde till henne på söndagskvällen dagen efter födelsedagsfesten.

-Tjena, hade du kul i går, frågade han henne.

-Ja, det var en rolig fest, svarade hon.

-Mm, du Mange dansade vid dig flera gånger i går, såg jag.

-Jaha, svarade Anna.

-Han kanske är intresserad av dig Anna, sa Mats.

-Vet inte, han sa inte något om det, svarade Anna.

-Han var trevlig i alla fall, det lilla jag pratade med honom, fortsatte hon.

-Ja, du kommer inte att vara singel så länge till, tror jag, sa Mats.

-Okej, jag märkte inte att han verkade vara intresserad, svarade hon utan att lägga så mycket vikt vid det.

-Jag märkte att Mange tittade mycket åt ditt håll under kvällen i alla fall.

Faktiskt så märkte Anna inte alltid om någon tittade mycket åt henne, hon var bara sig själv nuförtiden och hade fullt upp med det. Det fanns inte tankar på att träffa någon ny kille, hon var ganska ointresserad av det för tillfället.

Daisy tog mycket av hennes tid och så hade hon ju två jobb att sköta också. Hon orkade inte ens tänka på den där Mange, han kändes inte aktuell för henne nu.

Veckorna gick, Anna var barnflicka på dagarna och arbetade extra så ofta hon kunde som kassörska i den lilla matbutiken i villakvarteret. Hon hade träffat en tjej med liknande hund som hennes Daisy, ofta tog de långa promenader tillsammans och utvecklade en vänskap. Hennes mående var på topp och hon trivdes med sitt liv, gjorde allt som hon ville på sitt eget vis. Vad folk tänkte om henne brydde hon sig inte om längre, hon hade blivit starkare i sig själv och lyssnade mer och mer inåt på den inre rösten som gjorde sig hörd oftare och följde sitt hjärta. Hon tog varje dag som den kom och var mer här och nu.

Mats och hennes vänskapsrelation växte, de hade blivit bra vänner och umgicks regelbundet. Skrattet låg ofta nära till hands hos henne nuförtiden, och hon och Mats kunde till och med fnittra en hel del tillsammans. Anna kände sig levande och full av energi.

Det var början på december och den första snön hade lagt sig på marken, hon och Mats var ute på en promenad med Daisy. De gick längs vägen och Daisy hoppade runt i snön av glädje och rullade sig i den vita snön emellanåt. Mats berättade medan de promenerade i nysnön att han hade planer på en nyårsfest, då hans födelsedagsfest tidigare i höstas hade varit så lyckad.

-Du kommer väl? sa han till henne.

-Absolut, du spelade så bra musik sist, det var en rolig fest, svarade hon.

-Kul, då ska jag börja bjuda in folk till nyårsfest, sa han och
log mot henne.

Anna såg faktiskt fram emot en nyårsfest, för den förra festen
Mats ordnade var väldigt lyckad, tänkte hon.

Nyårsfesten hade varit lika rolig som Mats födelsedagsfest.
Anna hade dansat och pratat med alla på festen, även Mange.
Han hade efter många danser och mycket prat bett om Annas
telefonnummer. Hon tyckte han var charmig och rolig och
skulle kunna tänka sig att träffa honom igen, för det var de
han uttryckte, att han ville träffa henne fler gånger framöver.
Och de få tillfällena hon hade träffat honom så var han så gott
som nykter, drack bara några enstaka öl vad hon hade sett och
det uppskattade hon. Anna ville inte träffa någon som drack
sig redlöst berusad, det fanns några killar i Mats umgänge
som drack alldeles för mycket, hon hade fått nog av alkohol
och vad det kunde göra med en person.

Våren gick över till sommaren och Anna hade gått in i en relation med Mange. Från början var hon osäker på vad hon kände för honom, han var rolig och charmig men hon hade inte blivit blixtförälskad på en gång i honom. De hade liksom växt fram en kärlek mellan dem. Nu var de ett helt gäng som umgicks med varandra, det var Mats kompisgäng hon hade kommit in i. Flera av killarna hade flickvänner och Anna kom överens med alla tjejerna. De hade filmkvällar och middagsbjudningar men även en och annan hemmafest också. Matlagnings intresset började blomma upp i Anna, hon upptäckte att bakning var roligt också. Hennes mormor Bojan var väldigt duktig på att både baka och laga goda middagar. Bojan kunde "koka soppa på en spik" som man sa och allt smakade underbart som tilllagades, förutom "groda" det gillade aldrig Anna som barn fast det var köttfärslimpa, men Anna trodde att det var en riktig groda som hade tillagats. Varje lördag bakade Bojan allt bröd för kommande vecka, både matbröd, bullar och småkakor. Var det bullängder kvar från föregående vecka så rostades de i ugnen till skorpor som var fantastiskt goda mindes Anna.

Alla matrester tog Bojan reda på, hon kastade aldrig någon mat, allt skulle ätas upp, inget fick förfaras. Det sparades på snörstumpar som kunde användas för att binda upp en stek till

söndagsmiddagen, alla plastpåsar tvättade hon noga och
användes flera gånger tills de inte gick att lägga något i dem
längre. Anna kunde minnas lördagarna i mormor och morfars
hus när Bojan bakade hela dagen och dofterna spred sig i
huset, hon och hennes syster Monica hjälpte till med olika
sysslor. Ibland fick de gå ut i trädgården och plocka bär eller
frukt som morfar Manne hade odlat. Det fanns även ett
växthus där det skördades flitigt under sommarsäsongen.
Morfar Manne var snickare till yrket men hade en pedant skött
trädgård med både blommor och grönsaker.
 Och mormor Bojan var pedant inne med städningen när hon
inte bakade eller lagade mat, men hon var ingen hemmafru
utan arbetade hela sitt liv på LM Ericsson. Så Anna kunde
förstå vad hennes nyfunna intresse för matlagning och
bakning kom ifrån. Äpplet faller inte långt ifrån trädet, tänkte
hon och log för sig själv.

Till midsommar helgen åkte hela gänget iväg och tältade på
en camping några mil utanför stan. Mange hade en äldre bil
som de åkte i, han hade lånat ett tält av sina föräldrar. Det var
mycket fylla på campingen, och stökigt redan när de kom dit.
När Anna skulle gå på damtoaletten så var det kö utanför, två
av tjejerna som var onyktra började bråka med varandra i kön.
De skrek åt varandra och den ena tjejen spottade på den andra

tjejen rakt i ansiktet. Det var obehagligt att vara nära bråket så Anna lämnade kön, det här med att åka iväg och tälta på midsommar med massor av festande unga vuxna var inte riktigt hennes grej förstod hon. Hon höll sig till läsken och tyckte det var obehagligt att se så många onyktra människor runt omkring henne. Den här miljön passade henne inte alls, hon bestämde sig för att inte utsätta sig för den typen av miljöer framöver.

I augusti samma år åkte Anna och Mange iväg till en stuga som han lånat av en släkting över helgen. Det var lite spännande kände hon när de åkte iväg med bilen, stugan låg cirka trettio mil hemifrån i en liten by som Anna inte hade hört talas om.

Hon hade arbetat extra en hel del under sommaren i mataffären för att kunna tjäna ihop extrapengar. Det skulle bli skönt att komma bort ett tag och vara lite ledig, hon var utarbetad, kände hon. Några timmar senare var de framme, det var en enkel stuga som låg vid skogen i utkanten av byn. Det skulle finnas en sjö som de skulle kunna promenera till. Anna såg fram emot att få vara nära naturen, bara andas in luften och känna dofterna av skogen.

Stugan var enkel, det var bara ett rum med pentry och en soffa som kunde bäddas ut till en sängplats. Ett matbord och två stolar fanns också i rummet. Men Anna hade inget emot det

för det påminde om deras lilla kolonistuga som hennes familj
hade när hon var barn. Visserligen så hade deras kolonistuga
varit mysigare inredd men det gjorde inget, hon skulle bara
tillbringa helgen här med Mange och vila upp sig, det var
skönt att vara i en lugn naturnära miljö. De tog packningen ur
bilen och lade in i stugan och Anna märkte att Mange inte var
på så bra humör. Hon föreslog att de skulle göra mat på en
gång. Köket var enkelt och hade en liten gasolspis med en
brännare, det fanns bara en kastrull i köksskåpet och den hade
inget handtag.

 Anna som var trött började fnittra och funderade på hur de
skulle kunna värma på sin mat i den trasiga kastrullen. Mange
var inte lika road, han satt sig på ena stolen vid bordet och såg
allmänt sur ut, tyckte Anna.

-Hörru, snart får vi mat i den här knasiga kastrullen, sa hon
och brast ut i skratt.

-Det är inget roligt, sluta och skratta, svarade han tillbaka.
Anna tänkte att hans humör blir bättre så fort han får lite mat i
magen, så hon brydde sig inte om honom när han sa till henne
utan små fnittra för sig själv medan hon rörde runt i den
trasiga kastrullen. Hon hittade en varsin tallrik och bestick
som hon dukade med till dem på bordet. Hon drog fram stolen
som hon skulle sitta på och la märke till att det var en spricka i
den. Hon vände sig om och tog en kudde från deras packning

som låg på bäddsoffan. Tog den trasiga kastrullen med en
kökshandduk som hängde på en krok på väggen intill
gasolköket och gick fram till bordet och hällde upp maten
fortfarande lite små fnittrande. På nåt vis så tyckte hon att hela
situationen blev rolig, den trasiga kastrullen, den enkla stugan
och sura Mange. Hon var väl helt enkelt trött bara men då kan
ju vad som helst bli roligt om man är på det humöret. Just när
hon satte sig ner så råkade hon prutta också, hon brast ut i
skratt.

-Men gud förlåt, sa hon skrattandes.

Mange for upp från sin stol mittemot henne, hängde sig över
bordet mot henne samtidigt som han knuffade henne hårt
bakåt, så skrek han.

-Du har tagit min kudde, din jävel, sluta skratta åt allt.

Anna blev så överrumplad av hans hårda knuff, hon hade
ramlat bakåt in mot väggen och kom inte upp på en gång.

-Vad gör du, är du inte klok, sa hon liggande på golvet.

Hon hann se att han var svart i ögonen av ilska innan han
vände sig om och försvann ut genom dörren. Hon reste sig
långsamt och kände efter om hon var hel. Det hela hade gått
så fort, den här sidan av Mange hade hon inte sett tidigare.
Visst kunde han vara sur ibland eller irriterad men det hade
aldrig gått så långt som nu.

Kudden slängde hon i soffan och ställde upp stolen vid bordet, satte sig och tittade ut genom fönstret. Försökte se Mange utanför stugan men han syntes inte till, hon började små äta av maten hon hällde upp tidigare på sin tallrik. Han kommer väl, tänkte hon för sig själv. Hon diskade och plockade undan sin tallrik men lät hans mat stå kvar på bordet, sedan satte hon sig i soffan. Tiden gick och hon gick ut för att se om hon såg honom utanför stugan, bilen stod kvar där de parkerade den men han syntes inte till. Timmarna gick och det började skymma ute, hon blev lite osäker, vad skulle hända när han kom tillbaka? Skulle han fortfarande vara arg på henne?

Det fanns ingen telefon i stugan så hon kunde inte ringa till någon, närmaste telefon finns på andra sidan sjön vid badet, en telefonkiosk hade Manges släkting förklarat för dem. Ta med er tioöringar om ni behöver ringa, ett kort samtal kostar tjugo öre hade släktingen berättat för dem.

Hon bestämde sig för att prata med honom när han väl kom tillbaka till stugan, oavsett om han var sur eller inte. Plötsligt hörde hon steg utanför och reste sig ur soffan och gick mot fönstret, hon såg Mange komma gående utanför.

-Hej, sa han till henne.

-Hej, svarade hon tillbaka och fortsatte.

-Vad har du varit?

-Ute på promenad, svarade han tillbaka utan att se på henne.

Nu kände hon att ilskan bubblade upp i henne, men hon var tvungen att behärska sig, tänkte hon.

-I flera timmar, svarade hon tillbaka.

Han svarade inte henne utan började att plocka med sin packning.

-Varför blev du så arg på mig, sa hon till honom.

-Du fnittrar för mycket, jag orkar inte med det, svarade han med blicken i packningen.

-Va, så det var därför du blev så arg då eller?

-Ja, jag sa ju det, sa han i lugn ton tillbaka.

-Aha, så jag får inte fnittra då, sa hon surt tillbaka.

-Nej, det är väl inte nödvändigt, sa han fortfarande med blicken i packningen.

-Du kan väl inte mena det du säger, fnittra är ju oundvikligt. Det gör ju alla, svarade hon tillbaka.

-Jag fnittrar inte, svarade han tillbaka.

Anna förstod att han menade det han sa, hon kom på att han aldrig hade fnittrat tillsammans med henne. Hela samtalet var olustigt, det var som att prata med en vägg. Hon kunde ha förstått att han skulle kunnat bli arg för att hon råkade prutta på hans kudde, hon uppmärksammade inte att hon tog hans och inte hennes kudde och la på köksstolen. Men problemet för honom var att han inte stod ut med hennes fnitter, märkligt tänkte hon för sig själv. Nu ville hon hem, det kändes inte bra längre att vara här med Mange. Det var mörkt ute och hon förstod att de inte skulle kunna köra hem nu sent på kvällen. Hur hamnade hon i det här? Helt plötsligt blev hon osäker på Mange.

Morgonen efter när de vaknade så frågade hon honom om de skulle åka hem, han ville vara kvar och fiska i sjön fick hon till svar. Han var som vanligt igen som om ingenting hade hänt kvällen innan. Han pratade om fiske och tyckte att hon också skulle prova att fiska, det fanns fiske saker till henne med i stugan, förklarade han. Humöret hans var gott och hem skulle han inte, nej det var fiske som gällde.

Anna förstod sig inte riktigt på honom, men följde med ner till sjön och fiskade. De var hela helgen i stugan och tillagade fisken de hade fångat till middag. Allt var som vanligt. När de kom hem kände Anna att hon behövde tid för sig själv, och Mange släppte av henne utanför hennes lägenhet. Han åkte hem till sina föräldrar som han fortfarande bodde hos.

Egentligen så hade helgen inte varit så dålig om det inte var för vad som hände vid första middagen när han knuffade omkull henne och försvann i flera timmar. Mange hade varit som vanligt både lördag och söndag, men Anna hade inte kunnat känt sig som vanligt, hon var inte lika glad. Det var skönt med vardag och arbete nu, hon försökte inte tänka på det som hade hänt i helgen men det var inte så enkelt. Var det hon som hade överreagerat på det som hände eller? Mange hade ju varit som vanligt efteråt. Var hon kanske känslig? Eller hade för stora krav på hur man ska bete sig mot varandra i en relation? Vad är normalt? Hon började tvivla på sig själv. Tiden gick och de fortsatte att träffas. Mange hade varit som vanligt, lite lagom sur och dåligt humör emellanåt. Han hade inte visat någon sämre sida än så. Kompisgänget hade börjat planera en skidresa tillsammans, Anna och Mange var också tillfrågade. Det lät roligt, tyckte hon, Anna hade nyfikenhet på att prova nya saker som lät lockande och speciellt utomhusaktiviteter, hon hade aldrig stått på ett par utförsskidor tidigare. Bara som barn hade hon åkt långfärdsskidor hemma med de andra barnen utanför där de bodde, om det var en snörik vinter förstås. Veckan efter nyår åkte kompisgänget till Åre och de hade hyrt en stuga tillsammans där de skulle bo under en vecka. Hon hyrde all skidutrustning och fick hjälp av sina vänner att lära sig att ta sig ner för backarna på skidorna. En envishet fanns i henne, hon gav inte upp i första taget, troligtvis hade hon med sig det sen hon var barn och ville inte känna sig annorlunda eller inte orka med på grund av sitt hjärtfel som hon var född med. Även om hon kunde vara helt slut efter en dag i backen så älskade hon utförsåkningen i slalombackarna, det var en sådan skön känsla att bara kasta sig ut i den vita snön och vara här och nu. Ibland stannade de till i våffelstugan på toppen av backen och mumsade på en våffla med vispgrädde och jordgubbssylt. After ski var inget för henne, det var alltid någon som inte ville gå med till puben och det passade henne bra att vara hemma i stugan och bara vila inför nästa dag i skidbacken.

Tillsammans med kompisgänget var det alltid glatt och roligt men när hon och Mange var ensamma var det mer allvarsamt, ofta bjöd de över vänner, kanske för att lätta upp stämningen. Mange ville gärna berätta om allt han gjort för andra, oftast på ett lite skrytsamt sätt och för det mesta pratade han bara om sådant han var bra på och kunde hävda sig själv. Det var olika händelser som hänt på hans jobb, eller hur han lyckats lösa en situation till allas andras belåtenhet. Anna var ganska trött att höra på alla hans berättelser, hon ville prata mer om livet, diskutera framtida drömmar och kanske göra en plan för dem. Men det var han inte intresserad av, han utgick ifrån sig själv och var ganska enkelspårig hade hon upptäckt.

Anna började tveka på om de passade för varandra, tyckte hon tillräckligt mycket om honom för att fortsätta relationen, var hon kär i honom? Hur skulle kärlek egentligen se ut? Var han kär i henne? Det var inte ofta han uttryckte det i alla fall. Han kramade sällan om henne eller gav henne komplimanger eller uppmuntrade henne när hon uttryckte sin osäkerhet kring olika saker. Han var nöjd om hon gjorde saker i hans linje hade hon förstått, men det stred mot hennes inre att inte få följa sitt hjärta och sin inre lust. De ledde till diskussioner mellan dem, där båda försökte hålla på sin linje. Hon kunde tänka sig att mötas halvvägs i olika saker men han var fast besluten om att hans väg var den rätta. Hon gav med sig för lätt för honom och hans humör, för det fick han om det inte gick hans väg.

Hon funderade och tänkte en hel del på deras relation och bestämde sig till slut för att tala med honom om vad hon kände. Tydligt förklarade hon vilka tankar hon haft kring deras relation för honom, han lyssnade men sa ingenting. Anna frågade efter en stunds tystnad vad han kände för henne?

-Jag gillar dig, sa han utan att röra en min i ansiktet.

-Kan du utveckla det lite mer, svarade hon.

-Du verkar ju inte gilla mig längre, sa han till henne.

-Jo, det gör jag, men det är så svårt ibland för mig att veta vad du känner?

-Vill du göra slut? frågade han henne och tittade ner i sitt knä.

-Nej, jag vill att vi ska prata om vad vi känner, sa hon.

-Jaha, svarade han tillbaka.

-Men, snälla Mange det är som att prata med en vägg ibland
när jag försöker prata med dig, sa hon uppgivet.

-Okej, svarade han tillbaka, reste sig och gick fram till
köksbänken utan att se på henne, tog ett glas och öppnade
kylen, hällde juice i glaset. Drack några klunkar och tittade ut
genom fönstret.

-Vill du inte prata, sa hon till honom.

-Jag vet inte vad jag ska säga, sa han.

Nu blev hon frustrerad, kände hon, de kom ingenstans i
samtalet.

-Vi kanske ska ta en paus ifrån varandra, sa hon.

-Om det är så du vill ha det, så blir det så, sa han i upprörd
ton.

Han vände sig om från fönstret, gick och ställde det urdruckna
glaset på bänken. Gick till hallen och tog på sig ytterkläderna
och gick ut genom ytterdörren. Anna suckade, hon orkade inte
gå efter honom.

Det gick någon dag, Mange hade ringt flera gånger om dagen
och bedjat om att de skulle bli ett par igen. På fjärde dagen
kom ett kärleksbrev på posten ifrån honom där han skrev att
hon var allt för honom. Han var gråtfärdig på rösten hörde
Anna i telefonsamtalen, det var ytterligare en ny sida hos
honom hon inte sett tidigare.

På ett sätt hade det varit skönt om pausen blivit längre än en vecka. Sättet de kom fram till att bli ett par igen kändes inte riktigt bra för Anna. Hon ville prata om hur de tänkte och kände för varandra lite mer på djupet och på ett lugnt sätt. Inte bara kasta sig ur orden och vända på klacken som Mange gjorde. En paus var nog vad hon egentligen ville ha, då kunde hon komma fram till vad hon ville med sitt liv. Skulle det vara hon och Mange framöver? Var hon riktigt kär i honom?

Senare på kvällen ringde det på dörren hos Anna, hon öppnade och där stod Mange med en stor bukett blommor och log mot henne. Det hade varit svårt att värja sig från hans nya kärleksförklaringar, i en hel vecka bönade och bad han om att de skulle bli ett par igen. Anna kände sig osäker, kunde han förändra sig som han hade lovat henne?

Återigen så började hon tvivla på sig själv, var det henne det var fel på? Tillslut gick hon med på att försöka på nytt igen, hon tänkte att om det inte kändes bra kunde hon göra slut på deras relation längre fram.

Mange ville att de skulle förlova sig, Anna blev glad över hans sätt att visa sin kärlek mot henne. De åkte iväg till en guldsmed och hon fick välja förlovningsringar åt dem, han betalade för ringarna fast Anna nämnde att hon kunde betala sin själv men det ville han absolut inte. Hans föräldrar var också väldigt glada och höll en förlovningsmiddag för de närmaste. Han visade kärlek på ett nytt sätt mot henne.

 Nu var hon tjugoett år gammal och ny förlovad och inledde en ny fas i livet.

Monica, hennes syster, hade undrat om de skulle skaffa barn och hus nu när de gått och förlovat sig hon och Mange.

-Kanske det, barn kan jag tänka mig, svarade Anna tillbaka.

-Du är så präktig och moderlig av dig, sa Monica.

-Vad menar du? undrade Anna.

-Ja, men du dricker inte alkohol och du festar inte, fick hon till svar.

-Präktig är jag inte! Bara för att jag inte festar varje helg så betyder det inte att jag är tråkig, svarade Anna tillbaka bestämt.

-Okej, jag menade inte tråkig men livet är ju långt och du verkar som du vill binda upp dig tidigt och skaffa familj och så, svarade Monica tillbaka.

-Ja, jag kan tänka mig att ha familj, en stor familj faktiskt.

-Du gör som du vill men jag tycker det verkar faktiskt lite tråkigt med en massa ungar omkring sig, sa Monica.

-Vi är olika du och jag Monica, svarade Anna tillbaka.

Hon upplevde att Monica och hon levde helt olika liv, Anna ville faktiskt ha en stor familj med flera barn. Medan Monica spelade volleyboll och umgicks och festade med sina vänner och dessutom älskade hon att resa. De gjorde inte Anna, det fanns ingen längtan att upptäcka världen på resande fot. För henne var det viktigt att få vara sig själv och kunna känna sig trygg med det. Ha ett kärleksfullt harmoniskt hem med flera barn, hon kunde till och med tänka sig att vara hemma med sina barn medan de var små och inte ha dem på dagis, som en hemmafru. Men det sa hon inte till Monica utan de konstaterade bara att de var olika som systrar.

Mats och gänget hade planerat en ny skidresa.

-Ni följer väl med? undrade han.

-Ja, naturligtvis, det vill jag gärna, svarade Anna.

-Hundar får följa med också, du tar väl med Daisy?

-Självklart, och Mange också, sa Anna och skrattade.

-Toppen, svarade Mats och log tillbaks.

Anna såg fram emot den bokade veckan i Åre med skidåkning. Hela gänget åkte skidor på dagarna, ja nästan de var alltid någon som åkte lite kortare stunder och sällskapade i stugan med Daisy. Men Anna tog ändå ett lunchstopp och tog ut henne på en hundpromenad i snön. På kvällarna lagade de mat tillsammans och några bastade efter maten men inte Anna, det funkade inte med hennes kropp. Hon mådde dåligt av värmen i bastun och fick krampkänningar i hjärtat så hon avstod.

Hela veckan var lyckad och hennes skidåkning hade förbättrats, nu var hon så bra på skidorna att de gick att ta sig ner i alla backar i skidsystemet, även de svarta. Anna höll sig mest till de röda och blåa nedfarterna, hon tyckte inte att de svarta backarna var så roliga, oftast var de offpist nedfarter och det var inte hennes grej.

De kom hem på söndagskvällen, Anna och Mange hade flyttat ihop tidigare på hösten efter deras förlovning. Nu bodde de i en tvårummare som Manges föräldrar hade hjälpt till att ordna till dem. Anna trivdes i den nya lägenheten, de hade köpt ny soffa och soffbordet tillsammans. Köksmöbler hade de fått av mamma Kerstin som hon hade sparat i sitt förråd, de var mormor Bojans gamla möbler. I sovrummet så hade de Annas gamla säng och hennes sekretär som hon ärvt av sin morfar Manne. Hon tyckte de hade fått det fint och ombonat hemma i deras hem.

Mange tyckte inte om att Anna jobbade på kvällar och helger, han menade på att de var tomt när hon arbetade på kvällen och ville att hon skulle ha ett arbete dagtid så de kunde umgås mer. De gjorde att hon sökte nya arbeten och efter ett tag fick hon en tjänst i en större butik i kött- och delikatessavdelningen. Enda nackdelen med nya arbete var att hon var tvungen att åka hem med bilen på luncherna och gå ut med Daisy, men det hände att mamma Kerstin var hundvakt emellanåt.

Det hade gått några veckor sedan de hade kommit hem från Åre. Anna kände sig tröttare efter jobbet än tidigare, visserligen hade de haft mycket att göra under en period på arbetet. Hon la sig på soffan och vilade när hon kom hem och funderade på sin trötthet. Det var inte hjärtat som spökar för

hon kände sig som vanligt, inte mer andfådd eller
överansträngd. När hon låg och vilade kom hon på att hennes
mens inte hade kommit. Hon reste sig från soffan och gick in i
sovrummet, öppnade locket till sekretären. Där låg hennes
almanacka som hon alltid skrev upp när hon hade sin mens.
Punktligt varje månad kom den, hon räknade dagarna i
almanackan sedan senaste mensen, nu var hon en dag sen. Det
var inte likt henne, hon nämnde inget för Mange utan beslöt
sig för att vänta några dagar för att se om hennes mens bara
skulle vara lite försenad. Det kom ingen mens på ett par dagar,
hon förstod att det fanns en möjlighet att hon kunde vara
gravid. Ytterligare en dag gick innan hon talade med Mange.
-Jag har inte fått min mens, sa hon till honom.
-Jaha, men den kommer väl, svarade han ointresserad.
-Jag tror inte det, svarade hon tillbaka.
-Varför tror du inte det, sa han och tittade undrande på henne.
-Ja, jag kanske är barn, sa hon och log lite.
-Kanske, sa han lite förskräckt.
Hon fnittrade till och svarade tillbaka.
-Du vet vad som kan hända om man inte skyddar sig.
-Vadå, det var ju bara en gång, i Åre, svarade han henne.
-Ja, det räcker väl, svarade hon honom.
Mange tittade chockat på henne, Anna fortsatte.

-Jag köper ett graviditetstest i morgon så får vi svar på det hela.

-Gör det, sa han och gick in och satte på tvn i vardagsrummet. Anna hade känt sig glad när hon berättade att mensen var sen för Mange. Hans reaktion var allt annat än glädje, det pratade inte något mer om det under kvällen, hon kände sig lite illa till mods nu. Han hade undvikit henne och bara tittat på tvn kvällen igenom. När Anna hade lagt sig i sängen för natten så la hon en hand på magen under täcket och log för sig själv. Nu visste hon att ett graviditetstest inte var nödvändigt, men tänkte ändå köpa ett för Manges skull. För hon kände som om det var något pyttelitet som hade börjat växa i henne. De hade pratat om att skaffa barn men Mange hade sagt att de kunde vänta med det tills de hade bättre jobb och tjänade mer pengar. Han ville ha ett hus också innan de skaffade barn. Medan Anna tyckte att det kommer när det kommer, behövs ingen speciell ordning, allt har sin tid. Ett par i deras kompisgäng väntade redan barn, så de skulle inte vara först med att bilda familj.

Anna hade köpt ett graviditetstest som hon skulle ta på lördagsmorgonen, nu var mensen en vecka sen och testet visade som hon trodde, hon var gravid. Glädjen spred sig i hela hennes kropp, tänk att hon bar på ett litet barn. Mange visade igen glädje över beskedet, han undrade om de

verkligen skulle ha barn nu. Hon kände att han svek henne,
hon tänkte inte ta abort, det lilla livet i henne var välkommet.

-Jag tänker behålla barnet, sa hon till honom,

-Jaha, jag tror vi behöver prata med mamma och pappa,
svarade han tillbaka.

-Vi kan väl bestämma själva om vårt barn och vårt liv, sa hon.

-Dom måste också få veta, sa han bestämt.

Anna kunde bli tokig på honom när han skulle blanda in sina
föräldrar i vissa beslut, det hade hänt förr. Hon tyckte att de
var tillräckligt vuxna för att kunna bestämma själv, och
dessutom så var hon redan gravid. Det var inget som skulle
diskuteras med hans föräldrar. Hon förstod att han ville ha
stöd ifrån dem till att övertyga henne om att göra abort, då
hon kände att han inte var bekväm med att ta sitt ansvar som
blivande förälder. Den sidan av honom tyckte hon inte om.

Det hade dukats upp till söndagsmiddag hos Manges föräldrar
dagen därpå, de visste fortfarande inte om att Anna var gravid,
det hade han inte avslöjat i telefonsamtalet med dem på
lördagseftermiddagen. Oron var påtaglig i Anna, skulle alla
sätta sig emot henne nu mitt under middagen? Tvinga henne
till abort, nej hon tänkte stå på sig. De bestämmer inte över
hennes kropp, hon har rätt till ett eget val och beslut.

Förrätten var avklarad och de hade precis börjat att äta på
huvudrätten när Mange svamlande började berätta att Anna

var med barn. Han hann inte säga allt de måste ha uppfyllt innan de skaffade barn förrän hans mamma reste sig och sprang runt bordet och kramade Anna. Manges mamma utbrast.

-Som jag längtat efter att bli farmor, äntligen! sa hon och knäppte händerna upp mot skyn.

-Ja, men vi har ju inte hunnit skaffat hus och bättre jobb ännu, sa Mange lite tyst.

-Ni hinner, sa hon och log med hela ansiktet.

-Jaha, jag trodde ni inte tyckte det var en bra idé med en unge nu, sa Mange.

-Men, snälla Magnus, ett barn är alltid välkommet, sa hans mamma och log stort.

Anna kände en tacksamhet mot Manges mamma, hon var på hennes sida. Någon strid skulle inte behövas för att få behålla barnet. Mamman fortsatte.

-Vi köper en barnvagn, eller hur? Claes? sa hon till Manges pappa.

Han hade inte sagt ett ord utan hade lugnt ätit sin mat och lyssnat på vad som sas, men nu mumlade han fram.

-Klart vi köper en barnvagn, allt ordnar sig också ska ni se.

-Ja, det är ju dyrt med barn, sa Mange och högg in på en ny bit mat.

Anna förstod att han accepterade att bli förälder nu när hans mamma och pappa var positiva till att de skulle ha barn. Som om han måste ha deras medgivande. Hon orkade inte tänka mer på det utan åt av den goda huvudrätten som hade serverats.

Manges mamma pratade hela tiden om att bli farmor under resten av söndagsmiddagen. Kul att hon blev så glad över beskedet om graviditeten, men lite hysteriskt verkade ändå hans mamma att vara, tänkte Anna.

Hösten året efter föddes deras flicka, Anna hade fullt upp med amningen och blöjbyten. Mange tog två veckor pappaledigt i samband med födseln av flickan. Ett par veckor innan förlossningen hade Anna blivit sjukskriven, hon var trött och hade mycket vatten i kroppen. Läkaren bedömde att det var bäst för henne och vila så hon skulle orka med en normal förlossning, med tanke på hennes hjärta. Hon tyckte det var skönt att vara hemma och ta allting i sin egen takt, hon trivdes med sin nya roll som mamma. Daisy var så fin och försiktig med den lilla när hon fick träffa bebisen för första gången, och på största allvar tog Daisy på sig uppgiften att skydda barnvagnen ute på promenaderna. Hon gick så fint bredvid vagnen och släppte den knappt med blicken, det var som om hon var stolt hund storasyster åt flickan.

Varje dag lagade Anna middag och matlådor så hon slapp tänka på vad hon skulle ha till lunch dagen efter, det var så enkelt att värma på i den nya mikrovågsugnen de hade köpt. Det var Manges föräldrar som hade tyckt att de skulle införskaffa en mikrovågsugn istället för att värma maten på spisen. Mange hade protesterat och tyckt att det var alldeles för dyrt, men då hade hans mamma sagt till honom att det skulle underlätta för dem och speciellt för Anna som hade bebisen att ta hand om på dagarna. Dessutom så hade Manges föräldrar införskaffat sig en mikrovågsugn några månader tidigare och var väldigt nöjda så de gav halva summan av vad mikrovågsugnen skulle kosta, då gav Mange med sig. Det var ingen större skillnad på vem som gjorde vad i hemmet när de fått barn, Anna skötte städning, tvätt och matlagning.

Mange tog hand om bilen och ekonomin. Jämställdhet var inget hon funderade på, allt var bara som det alltid hade varit, om hon någon gång bad Mange om att hjälpa till så svarade han att det inte var hans uppgift och han hade annat att göra. I stället för att bråka med honom så tänkte hon att hon gjorde allt för sin egen skull, och dessutom fick hon sysslorna utförda på sitt eget sätt, som hon ville ha det. Livet rullade på och nu hade hon början på sin familj som hon drömt om. Sommaren kom och mamma Kerstin hade flyttat till ett hus och ville att Anna och Mange kunde komma och fira midsommar där. Det skulle vara skönt att få komma bort ett tag och byta miljö, tänkte Anna. Även om det bara var hem till mamma Kerstin. Bilen packades med allt de behövde, nu när de hade barn så var det så många saker som skulle med. Barnstol, skötväska, extra ombytes kläder, blöjor stuvades in i bilen, Daisy fick precis plats bredvid barnvagnen bak i bilen. Mange var sur och uppretad när de gav sig iväg, Anna visste inte varför och hon tänkte inte fråga heller för då blev han ännu surare. Han kunde till och med bli arg på henne, hade hon lärt sig vid det här laget. De pratade knappt med varandra i bilen på väg till huset. När de kom körandes mot uppfarten till huset så stod mamma Kerstin och vinkade. Anna kände sig glad även fast Mange var på dåligt humör, hon tyckte faktiskt att det skulle bli skönt och mysigt att få fira midsommar med mamma Kerstin i huset. Det gick bättre att träffa Sture när Mange var med uppfattade Anna, han var inte lika sliskig med sina blickar då.

Nu skulle hon få avlastning av mamma Kerstin med flickan, det visste hon. För hon var så förtjust i sitt första lilla barnbarn. Anna bestämde sig för att strunta i att Mange var på dåligt humör för hon visste att han kunde skifta humör snabbt till det bättre. De parkerade bilen och började lasta ur, mamma Kerstin tog hand om flickan.

-Vi går en promenad i området med vagnen, sa mamma Kerstin.

-Ja, gör det, sa Anna och log.

Hon visste att mamma Kerstin tyckte om att dra barnvagnen, speciellt här i nya området där hon hade lärt känna några grannar. Sture gick också med, han brukade stanna till hos granngubben och ta en öl.

-Å, vad skönt att få komma bort ett tag, sa Anna till Mange.

-Mm, svarade han fortfarande sur.

Anna tog en matkasse och gick in i köket och Mange kom efter med ytterligare packning.

-Du kan ju inte vara sådär sur nu när vi är hos mamma, sa hon till honom.

Hon hade precis ställt ner matkassen på golvet under kylskåpet och vände sig om för att gå efter mer packning. Hon hann inte mer än att resa sig upp förrän Mange kom hastigt emot henne. I farten sträckte han ut armarna mot henne, med full kraft knuffade han in henne i väggen. Det smällde till med en kraftig duns i huvudet när hon träffade väggen, hon blev alldeles omtumlad. Hon kände hur det började rinna i näsan på henne. Tog handen mot näsan och tittade på fingrarna och såg blod. Blickstilla stod hon kvar, rädd för vad som skulle kunna hända om hon rörde sig.

Pappersrullen stod på köksbordet men hon vågade inte gå dit.

-Jag måste ha papper, kved hon med handen för näsan.

Mange var som förstenade och stirrade på henne med svart blick i några sekunder, sen vände han på klacken och gick ut mot bilen. Anna skyndade sig fram emot köksbordet och tog papper från hushållsrullen, höll det mot näsan. Snabbt gick hon in i badrummet och försökte stoppa blodet som rann ur henne. Mamma Kerstin fick inte se att hon blödde näsblod, tänkte hon. Då skulle hon ställa tusen frågor, det hade inte Anna lust med nu.

Jävla idiot, tänkte Anna när hon torkade bort blodet runt näsan. Hur fan tänkte han, undrade hon. Ge sig på henne här i mamma Kerstins hus. Vad skulle hon göra nu? Låta allt vara som vanligt? Åka hem? Och vad var Mange? Tankarna for runt i hennes bultande huvud medan hon försökte snygga till sig. Näsblodet fick hon stopp på och beslöt sig för att se efter vad Mange hade tagit vägen. Det var bäst att låtsas som om ingenting hade hänt, tänkte hon. Mamma Kerstin skulle bli väldigt besviken om de åkte hem igen, och vad skulle hon hem att göra? Det var bättre att var kvar än att åka hem med en arg Mange. Huvudet dunkade för varje steg hon tog, men hon bestämde sig för att strunta i det och bita ihop. Hon ville inte förstöra midsommarhelgen för någon.

Mamma Kerstin tyckte mycket om Mange, det uttryckte hon gärna.

Anna kunde ibland anförtro sig till mamma Kerstin om vad hon kände kring hennes och Manges relation, men för det mesta rynkade bara mamma Kerstin på näsan och svarade Anna att "karlar är som de är", vissa saker får man faktiskt finna sig i. Anna höll inte alltid med och insåg att de inte hade samma uppfattning om män och relationer.

Mange satt i bilen och pillade på radion såg Anna när hon klev ut genom ytterdörren, hon steg fram till bilen.

-Är allt in lastat, frågade hon så lugnt hon bara kunde.

-Ja, svarade han.

-Kom och packa upp dina kläder så vi kommer i ordning, sa
Anna och tittade på honom och försökte le.

-Okej, svarade han tillbaka och tittade försiktigt upp mot
henne.

♡

Fjärde delen

Efter incidenten på midsommar började Anna igen att tvivla
på sin relation med Mange. Hade de kommit längre ifrån
varandra när de fick barn? Hur var deras relation egentligen,
var den normal? Och vad var normalt? Den sista tiden hade
hon iakttagit sina vänners relationer till varandra och till
barnen. De kunde gulla och prata gott om sina barn till
varandra, vilket Mange aldrig gjorde, inte vad hon hade sett i
alla fall. Han visade inte mycket kärlek eller ömhet till henne
heller. Hon kunde se de andra männen vara måna om sina
respektive på ett sätt hon aldrig upplevde. Det var en ny sorts
ensamhet som infann sig i henne, det kändes som om hon inte
delade sitt liv med någon fast hon levde tillsammans med
Mange.
 Många gånger hade hon försökt att prata med honom om vad
hon kände, men hon upplevde det som om hon pratade med en
vägg. Och ibland blev han sur eller irriterad och då visste hon
att det var ingen idé att försöka prata om deras relation. Han
hade ju humör som kunde skifta fort. Skuldkänslorna infann
sig i henne när hon tänkte på Manges dåliga sidor.
 Hon hörde mamma Kerstins röst i huvudet säga "det är
aldrig ens fel att två träter".

Tänk om hon var orsaken till att allt var som det var mellan Mange och henne. Hon var ju inte perfekt heller, Mange kunde ofta påpeka vad som var fel hos henne. Dessutom så hade de ett barn tillsammans nu också och hans föräldrar var gammalmodiga av sig. De hade nämnt att de borde ha gift sig innan de skaffade barn, och skilja sig eller separera fanns inte på kartan för dem. Det gjorde man inte, man höll ihop i vått och torrt hade hans mamma talat om för henne på en middag när de plockade undan i köket efter maten. Det var bara att bita ihop, karlar är som de är, "gräset är inte grönare på andra sidan" hade hon predikat för henne.

Anna visste inte vad hon skulle göra av alla tankar i huvudet, hon lät tiden gå bara.

På anslagstavlan i mataffären såg Anna en lapp uppsatt, det var en inbjudan till en andlig utvecklingskurs. Inbjudan kändes som om den var riktad direkt till henne, hon läste rad efter rad på pappret och fick känslan av att det här påminde om det hon hade upplevt ända sedan hon var barn. Sex träffar skulle det var där de skulle disskuteras kring andlighet, änglar och universum. Men även praktiska övningar skulle kursen också innehålla. En upprymdhet infann sig hos henne när hon stod och läste på lappen. Det här ville hon vara med på. Priset var inte alltför högt men Mange höll hårt i deras pengar då han tyckte det var viktigt att spara så mycket som möjligt till deras framtida hus. Anna unnade sig själv sällan något nytt till sig själv då Mange tyckte att det var oftast onödigt hade hon lärt sig. Deras lilla flicka fick sparsamt med kläder och leksaker. Både mormor och farmor köpte ju kläder till henne brukade han påpeka, men ibland ville Anna själv välja en söt klänning till sin dotter eller någon rolig leksak.

Nu funderade hon på hur han skulle tillåta henne att gå på kurs när det kostade pengar. Dessutom var kursen kvällstid, och då måste ju han vara "barnvakt" som han uttryckte det. Anna tyckte inte om när han sa att han var "barnvakt" åt sin egen dotter. Hon hade inte hört någon av de andra papporna i gänget uttrycka sig så om sina barn när deras respektive var iväg från hem och barn.

Hon ville så gärna gå på kursen, på väg hem bestämde hon sig för att försöka få Mange att förstå att det var viktigt för henne. Hon hade även köpt ett sex-pack folköl till honom på affären för att göra han på gott humör. Han tyckte om att ta ett par öl på kvällen efter jobbet, men som tur var så drack han sällan sig onykter. Efter middagen när hon såg att han var på bra humör passade hon på att nämna att hon ville gå på kurs. Hon talade även om vad den kostade. Han hade lyssnat utan att säga något, hon blev så förvånad när han tyckte att det var en bra idé att hon skulle gå på kurs, han gav sitt tillåtande till henne.

Men han var noga med att tillägga att han kommer att jobba över ett par kvällar framöver också, dels för att få mer pengar till dem och så skulle ju kursen betalas.

De skulle säkert ha råd med kursen utan att han arbetade över eftersom det var en engångskostnad som inte var alltför dyr, tänkte hon. Men hon brydde sig inte om att ta upp det med honom.

Det var som om när hon skulle göra något för sig själv så måste han få samma tid till att göra något, så det blev jämnt på nåt vis. Hon orkade inte lägga någon vikt vid att han skulle jämka med att arbeta över, och att han "måste vara barnvakt" när hon var på kurs. Som om hon skulle sätta upp sig mot honom om han sa att han behövde arbeta över. Hon förstod sig inte på honom faktiskt. Hon var bara glad över att han så enkelt hade gått med på att hon skulle få gå på kursen.

Det var fem kvinnor på den andliga utvecklingskursen, Anna tyckte det var så spännande att få träffa andra kvinnor som kanske också hade haft samma upplevelser som hon. De skulle få lära sig mer om energier och lyssna till sin intuition. Efter några kursträffar kände Anna att hon hade mött sitt inre på ett nytt sätt, nu kunde hon få kontakt med sin inre röst. Hon hade hittat tillbaka till något som legat i dvala i henne. Det var som att hitta hem på ett vis, hon växte av att delta i kurstillfällena. Kursledaren hade talat om att det troligtvis skulle ske en andlig utveckling hos var och en under kursens gång. Anna älskade att delta i kursen och hon längtade redan till nästa tillfälle så fort en kväll var avslutad.

 Det var den näst sista kurs kvällen och de skulle avsluta med en meditation för att få meddelande från andra sidan, en av kvinnorna hade tjatat om det ändå från kursens start.

 Kursledaren hade tänt några olika rökelser på ett litet bord och de satt sig på stolar i en ring runt bordet och slöt ögonen, kursledaren vägledde dem genom meditationen. Hon bad var och en att berätta vad de såg, eller vad för meddelande de hade fått, om de nu hade fått något efter att meditationen var klar. Fortfarande sittande i ringen med slutna ögon. De flesta hade diffusa intryck de berättade om. Nu var det Annas tur att berätta vad hon hade upplevt, hon kände som om hon vore långt borta från allting som i en annan värld liksom, de gick inte att öppna ögonen. Och hon kunde prata med en man som hon såg i sitt inre. Som om hon klivit in i en film och var en del av den. Mannen hade klivit fram och börjat prata med henne, han berättade att han var ångerfull för sitt uppträdande han haft mot sin dotter. Anna pratade högt i cirkeln, hon fick en känsla av att hon var tvungen att förmedla det som mannen sa till henne men hon visste inte varför, hon följde bara känslan.

Helt plötsligt började mannen att gråta snyftande och då
kände Anna att hon också var tvungen att gråta, det var på nåt
vis mannens tårar som kom i hennes ögon. Hon sa högt till
sina medsystrar i cirkeln " nu kommer jag att gråta".
Fortfarande med slutna ögon.

Mannen talade snyftande om att han hade varit väldigt hård
och sträng mot sin dotter och inte visat någon kärlek. Han
visade ett hus som han och dottern bott i för Anna och hon
beskrev detaljerat vad hon såg för kvinnorna på kursen, enligt
mannens önskemål. Fortfarande med slutna ögon. Han visade
även att det funnits en hund i familjen som dottern älskade
högt. Hunden stod vid hans sida. Det var en cockerspaniel
liknande hund kunde Anna se i sin inre film. Hon beskrev allt
hon såg för kvinnorna i cirkeln, för på något sätt kändes allt så
verkligt och viktigt. Efter en stunds samtalande med mannen
så förstod Anna att han ville göra sig hörd till någon av
kvinnorna i cirkeln. Han ville verkligen be om ursäkt för sitt
beteende han haft mot sin dotter, Anna kände att hon
bekräftade honom.

 Och då var det som om han tonades bort från hennes inre film
och försvann. Hon kunde också öppna ögonen, kände hon.
Anna kände sig omtöcknad, gnuggade sig i ögonen och sa att
mannen hon hade sett tillhörde någon av kvinnorna på kursen,
för det hade hon känt starkt när han pratade med henne.

Hon tittade upp och runt på kvinnorna i cirkeln, det var tyst.
Anna såg att kursledaren var blank i ögonen, tittade på Anna
och bad henne att beskriva hur mannen såg ut. De gjorde hon
så detaljerat hon kunde för dem. Då började tårarna rinna ner
för kinderna på kursledaren, hon sa att Anna måste ha fått
kontakt med hennes döde far från andra sidan.

För allt Anna hade beskrivit om honom och hemmet och
hunden kände hon mycket väl igen. Kursledaren bekräftade
att hon haft en mycket sträng och hård far och att deras
relation aldrig var bra. Hon tittade på Anna och log, tackade
henne för det fina budskapet som hon hade förmedlat till
henne. De andra kvinnorna på kursen såg chockade ut,
kursledaren förklarade att Anna hade en medial gåva att få
kontakt med de nära och kära som inte var med oss i
jordelivet längre. Anna hade fått kontakt från andra sidan och
kunde dessutom förmedla budskap därifrån till de anhöriga
här på jorden.

Anna själv var nog mest chockad av alla, hon satt helt tyst och
kände sig uttömd på energi. Vad var det hon nyss hade
upplevt? Budskap från andra sidan? Hade hon en medial
gåva? Hon förstod ingenting, kände sig illamående nu. De
avslutade kursen och Anna sa inte så mycket utan åkte hem,
fortfarande påverkad av sin upplevelse. Hon kände sig illa till

mods, vad hade hon gjort? Fått kontakt med andra sidan, hur kunde hon få det? Och varför kom mannen till just henne?

Nej, nu ville hon inte fortsätta längre med kursen. Usch vad det här var obehagligt med mannen som kommit och talat med henne. Skulle det komma fler nu och tala med henne? Nej, nu skulle hon sluta med den här andligheten, det fick vara nog nu, kände hon. Tänk om kursledaren skulle säga till henne vid nästa tillfälle att hon bara hade fantiserat, fast det hade ju känts verkligt på något sätt, det som hon upplevde. När hon gick och la sig senare på kvällen kände hon sig orolig i hela kroppen och hade en klump i magen av obehag. Hon skulle be kursledaren om ursäkt nästa gång de sågs, tänkte hon.

Förresten skulle hon ens gå på sista kurstillfället, tänk om de skulle tycka att hon var knäpp och konstigt, de andra kvinnorna.

Veckan hade gått fort och det var dags för sista kurstillfället, Anna hade på nåt vis förträngt det som hände sist. Men hon ville be kursledaren om ursäkt i alla fall eftersom hon hade fått henne att gråta inför de andra kvinnorna. Hon var lite tidig med flit så hon skulle få en stund med kursledaren ensam utan att de andra kvinnorna var i närheten.

-Hej, hej, sa Anna när hon klev in i lokalen.

Kursledaren svarade hej tillbaka och log mot henne.

Anna tog sats och sa.

-Jag vill be om ursäkt för det som hände sist när vi träffades.

-Nej men inte ska du be om ursäkt Anna, svarade kursledaren tillbaka.

Anna kände att hon velade och inte visste vad hon skulle svara tillbaka, hon tittade ner på golvet och sa.

-Jo men det känns så.

-Anna, jag tror inte du riktigt förstår hur mycket det betydde för mig när du förmedlade budskapet från min far.

-Nej, det kändes så konstigt efteråt, sa Anna.

-Du har en fin gåva, det är inte alla som har tillgång till det. Förstår du det? svarade kursledaren.

-Ja, jag vet faktiskt inte, sa Anna osäkert.

-Jag förstår att det kan komma plötsligt för dig, men den här gåvan kan du vidareutveckla. Du kan hjälpa många människor genom att förmedla budskap från andra sidan.

Anna tittade bara på kursledaren medan hon talade till henne.

-Se så Anna, jag är dig evigt tacksam för det budskap du gav mig. Det betyder väldigt mycket. En sten lättade från mitt hjärta. Det var så fint, Anna. sa kursledaren och tittade Anna rakt i ögonen.

Anna kände värmen och kärleken från henne och förstod faktiskt att hon hade gjort någonting bra, hon svarade tillbaka.

-Okej, jag ska försöka se positivt på det som hände då. Ärligt talat så blev jag nog rädd.

Kursledaren skrattade till och sa.

-Ja, rädslorna ställer till det för oss.

-Ja, de gör väl det, sa Anna och log tillbaka.

Det hade gått en tid efter att den andliga utveckling kursen hade slutat. Anna hade märkt att att hon nu kände en trygghet inombords, det var som om hon hade blivit vän med sig själv. Lättare kunde hon nå sitt inre och höra sin inre röst klarare än förut. Det gjorde att hon blev lugnare och säkrare på sig själv, hon kunde se att hon haft en inre stress tidigare inom sig. Det var lättare att ta olika beslut både små och stora, så här hade hon inte känt tidigare innan kursen. Hon mådde riktigt bra i sig själv.

Det enda som var en utmaning för henne var Mange. Han hade börjat arbeta över ett par kvällar i veckan i samband med att hon gick sin kurs. Ofta satt Anna ensam hemma på kvällarna när han arbetade över efter hon hade nattat sin dotter. Han var ofta irriterad också, de små tjafsade varje dag. Hon stod på sig och ville inte böja sig längre för honom i samma utsträckning som hon gjort tidigare i deras relation. Hon hade slutat att vara honom till lags, vilket inte passade honom. Han blev sur på henne när hon inte gjorde som han var van vid.

Anna hade börjat drömma mer på nätterna, hon drömde att Mange var otrogen med en annan kvinna. Hon var säker på att det var en sann dröm, för när hon vaknade på morgonen kom

hon ihåg varenda detalj i drömmen som om det var en film
hon sett.

Hon sa inget till Mange om vad hon drömde om förrän några
veckor senare. En dag när de åt middag så berättade hon, att
hon hade drömt om honom, och att han var otrogen i
drömmen. Hon ville se hans reaktion, han tittade ner i
tallriken hela tiden när hon berättade om sina drömmar om
honom. När hon berättat klart tittade han upp på henne och sa.
-Konstiga drömmar du har, jag fattar ingenting.
Han reste sig och tog tallriken, sköljde av den under
vattenkranen och la den i diskhon. Gick in i vardagsrummet
och hon hörde hur han satte sig i soffan. Hans reaktion var
som om ingenting hade hänt, Anna kände på sig att något inte
stämde. Varför skulle hon annars drömma dessa drömmar och
ha känslor av att det fanns en sanning i dem. Hon diskade upp
middag disken och torkade av spisen och bordet.
Veckan efter ringde Mange från sitt arbete hem till henne och
talade om att han var tvungen att arbeta över igen. Nu kom
bilderna i huvudet på henne direkt när han sa att han skulle
arbeta över.
Hon såg en tjej som stod bakom en högre disk som i en
reception. Tjejen log och var ung. Anna visste direkt att han
ljög när de pratade i telefonen. Ilskan bubblade upp i henne
och hon svarade honom i telefonen.

-Du ljuger, du ska inte arbeta över. Du ska träffa en tjej.

-Du är fan i mej inte klok, svarade han tillbaka och la på luren i örat på henne.

-Hallå, skrek hon tillbaka.

Det var helt tyst i luren, hon var så arg. Hon visste att han var otrogen nu, hur kunde han tro att hon skulle gå på hans lögner. Dessutom så visste hon att han skulle vara iskall och förneka alltihopa. Han skulle ljuga henne rakt upp i ansiktet, det gjorde henne ännu mer ilsken. Hur kunde jag hamna i den här situationen ännu en gång, frågade hon sig själv. Och varför gjorde jag inte slut från första början när jag kände att något var fel?

Hon sjönk ner på golvet framför telefon bänken, tårarna rann nerför hennes kinder både av ilska och besvikelse. Hon var arg på Mange men också arg på sig själv att hon inte hade lyssnat mer inåt på sin hjärtans röst tidigare. Men också besviken på Mange som satte hela sin relation med henne på spel, vad skulle hon göra nu?

Sanningen måste fram, tänkte hon, nu ville hon veta hur allt låg till. Hon var säker på att han ljög för henne, det hade hon känt i hela kroppen som en ilsken tandvärk som skar genom kroppen när hon hade pratat med honom i telefonen. Anna hade blivit mer van att lyssna in sin kropp i olika situationer, det var ett samspel mellan henne, kroppen och universum där

hon fick information till sig och la ihop det som ett pussel där
bitarna passade ihop bit för bit.

Manges humör måste hon se upp med och tänka sig för så
hon inte retade upp honom, hon hade inte lust att råka illa ut
igen. Jag måste sköta det här snyggt, tänkte hon. Ordspråket
"kvinnans list övergår mannens förstånd" kom upp i hennes
huvud, det brukade mormor Bojan säga mindes hon från att
hon var barn och var med när kvinnorna i släkten hade
träffats. Mamma Kerstin använde det ordspråket emellanåt
också kom hon ihåg, hon smålog för sig själv. Kanske mormor
Bojan var med henne från andra sidan i svåra stunder som
denna.

Han kom hem till åtta kaffet på kvällen, de brukade alltid ta en
kopp kaffe vid tvn och titta på något tv program. Hon var lugn
som om ingenting hade hänt när han steg in genom dörren.
När hon såg honom började tankarna fara i henne, helst ville
hon prata direkt med honom om deras telefonsamtal tidigare
på dagen. Men hon hejdade sig, nu måste hon behärska sig
och vara lugn. Kaffet rann ner i kannan och hon gjorde
smörgåsar till dem precis som vanligt, tog allt på brickan och
gick in i vardagsrummet. Han satt redan i soffan och
bläddrade mellan kanalerna med fjärrkontrollen. Hon ställde
ner brickan på bordet, dukade ut till dem och satte sig bredvid
honom som om inget hänt. Det var en spänning i luften där de

satt men ingen sa något. Kaffet och smörgåsarna slank ner i deras magar under tystnad samtidigt som tv-programmet som han valt pågick, hon hade svårt att koncentrera sig på deckaren på tvn. Hon hade tusen frågor hon ville ställa till honom och få svar på. När programmet var slut kunde hon inte hålla sig längre.

-Vem är hon? frågade hon honom.

-Vem då? svarade han tillbaka.

-Jag vet att du träffar en tjej när du säger att du ska arbeta över?

-Gör jag inte alls, svarade han och började bläddra mellan tv-kanalerna.

-Ljug inte för mig, sa hon.

Hon fortsatte.

-Jag vet hur hon ser ut, hon är blond och har långt hår, yngre än dig och lite kortare än mig. Jag har sett henne i mitt inre.

-Va fan, du är inte riktigt klok, sa han och reste sig upp.

-Hon jobbar i receptionen på ditt jobb har jag sett, sa hon medan han var på väg ut ur vardagsrummet. Han gick mot köket, hon vågade inte gå efter fast hon ville ställa mer frågor till honom, få han att bekänna sin otrohet. Han var på väg att tappa humöret hade hon både känt och sett på honom.

Å nej, jag skulle ju vara lugn och inte så här påflugen tänkte hon. Han kommer aldrig att erkänna nu, hon satt kvar i soffan som nedtyngd av en tung sten. Efter en stund hörde hon hur han gick mot badrummet, borstade tänderna och gick på toaletten.

-Jag går och lägger mig, sa han på vägen mot sovrummet utan att se på henne.

Det var skönt att han gick och la sig, tänkte hon. Då är han i alla fall lugn. Hon satt kvar en stund till innan hon reste sig och tog med kaffekopparna och brickan och gick ut mot köket. Hon smög mot badrummet, var så tyst som hon kunde. Hon hoppades faktiskt att han sov när hon skulle krypa ner i sängen.

De hade varit förkylda i en vecka hela familjen men nu
började de att bli friska. Anna hade inte kunnat ta ut Daisy på
sina vanliga långa runda då de varit sjuka och Mange gick
bara korta promenader med Daisy om han "blev tvungen" att
gå ut med henne. Han hade fräst vid flera tillfällen att det inte
var hans hund, och muttrat så fort han måste ta ut henne, han
visade faktiskt inte något intresse för djur alls hade Anna
märkt till skillnad mot henne. Så idag bestämde hon sig för att
äntligen ta en långpromenad i skogen. De hade en liten sulky
vagn som var lätt att dra på stigen i skogen så hon kunde ta
med sig lill flickan i vagnen. Det var så härligt att bara få
promenera i skogen, lyssna på fåglarna och se Daisy springa
lös och nosa på allt hon blev nyfiken på.

Anna njöt, det var liksom som om tiden stod still under
promenaden, det hade ju varit en tid sen de hade varit i skogen
eftersom de varit sjuka. Hon kände hur hon fyllde på ny
energi i kroppen när hon tog steg efter steg framåt, ibland
stannade hon till med vagnen och kramade ett träd och lät
lillflickan ta och känna på trädet, talade om för henne att
träden har energi som vi kan ta del av.

Plötsligt skrek Daisy till och hoppade åt sidan, Anna gick
direkt fram till henne och förstod att hon hade ont i tassen.
När hon lyfte på Daisys framtass så såg hon att det kom blod

från trampdynan. Hon fattade direkt att Daisy skurit sig på något, det var ett djupt sår i trampdynan. Det blödde rejält från såret och Anna förstod att Daisy behövde bli omhändertagen och sy igen såret. Hon sparkade av sig skon och tog av strumpan och knöt den om tassen som ett förband. Först tänkte hon sätta Daisy i vagnen och bära lillflickan hem men Daisy vägrade, så hon vände sig om och pratade lugnt med henne.

-Såja gumman, det här fixar vi.

-Matte älskar dig, vad duktig du är.

-Vi går lugnt och fint hem så ska matte lägga om din tass.

-Du klarar det här Daisy, sa hon och uppmuntrade henne eller kanske sig själv också.

Daisy lunkade haltandes hem, strumpan runt tassen blev mer och mer blodig. Anna grät lite när de gick hem, hennes älskade Daisy, hon var ju inte purung längre utan började bli till åren. De kämpade steg för steg hem hon och Daisy.

Anna hade ingen bil hemma, den hade Mange till jobbet varje dag och de hade bara en bil. Hon gick eller åkte buss överallt var hon än skulle. Mange hade jämnt bilen oavsett vad hon skulle göra på dagarna, så var det bara enligt Mange hade hon lärt sig. Hon orkade inte tjata på honom att få ha bilen ibland, han vägrade att åka buss till jobbet hade hon fått höra, hon hade till och med erbjudit sig att gå upp på morgonen och köra han till jobbet för att få ha bilen under dagen men det gick han inte heller med på, hon hade givit upp bilen för längesedan.

Anna förstod nu av blodet som aldrig slutade att blöda, strumpan var alldeles röd, och Daisy var i behov av vård direkt när de kom hem. Daisy la sig med en duns på golvet i hallen när de kom hem, Anna hämtade förbandslådan i badrummet och la ett tryckförband på hennes tass. Daisy såg lite medtagen ut, Anna led med henne. Nu letade hon fram telefonkatalogen i telefonbänken som stod i hallen, hittade sidan där veterinärens nummer stod. Slog numret på knapptelefonen till veterinären, lätt skakande på handen. När hon kom fram talade hon om att Daisy skurit sig i tassen och att hon lagt ett tryckförband på hennes tass. De svarade att hon måste komma in omgående och få Daisys tass omhändertagen för att få stopp på blodflödet, de sa också att de skulle ta hand om Daisy omedelbart då det lät akut. Anna förklarade för veterinären att hon måste ringa sin sambo och att han skulle köra in dem till mottagningen och att de kunde ta lite tid då han var tvungen att ta sig hem från sitt arbete. Veterinären svarade att de skulle komma in så snabbt de kunde. Anna ringde nu till Manges arbete och det var hans chef som svarade, hon bad att få prata med Mange och la till att det var en akut situation.

-Hallå, hörde hon Mange säga i andra luren.

-Hej, Daisy har skurit upp tassen rejält och jag måste åka till veterinären med henne nu. Jag behöver bilen. Anna kände hur hon började gråta medan hon talade med Mange.

-Jag kan inte åka hem nu, jag slutar klockan 17, inte 14, det fattar du väl, sa han surt till henne.

-Men det är akut, hon blöder jättemycket och veterinären måste sy, svarade Anna med gråten i halsen.

-Du får ta bussen, svarade han kort.

-Det är så det ser ut och blir, sa han och la på luren.

-Jävla idiot, skrek Anna tillbaka i luren och grät samtidigt. Daisy låg bredvid henne på golvet och Anna visste att hon måste agera snabbt nu.

Hon kom att tänka på en av killarna i gänget som de umgicks med, han var alltid så snäll mot henne. Snabbt letade hon rätt på telefonnumret till hans arbete i telefonkatalogen, han arbetade i närheten av där hon bodde, och han kanske kunde köra henne till veterinären. Nu bad hon igen medan hon slog siffrorna på telefonen men den här gången var det till änglarna, det hade hon lärt sig på andliga kursen att de kunde vara hjälpsamma när det behövdes.

-Sandströms snickeri, hörde hon en manlig röst svara.

-Hej, jag heter Anna och söker Janne, det är väldigt angeläget.

–Jaha, visst jag ska gå efter honom, fick hon till svar.

Det dunkade i bröstet på henne, han måste hjälpa mig, tänkte hon.

-Det är Janne här, hörde hon honom säga.

-Oh, hej, det är Anna. Daisy har skurit upp tassen och håller på att förblöda och jag måste till veterinären och Mange vägrar komma hem med bilen, och jag kan inte bära Daisy på bussen hela vägen. Kan du hjälpa mig nu? Anna tappade nästan andan när hon förklarade allt i ett svep. Hon struntade i om hon talade illa om Mange, nu var det Daisys liv som det gällde.

-Men herregud, vilket svin. Jag kommer på en gång Anna.

-Tack, sa hon och tårarna rann nerför hennes kinder ännu en gång.

Hon la på luren och kramade om Daisy. Nu gumman får du hjälp, sa hon snyftande i hennes päls.

Daisy fick komma in på en gång hos veterinären, de var tvungna att amputera trampdynan under tassen. Daisy hade skurit sig så illa att blodtillförseln till tassen var avskuren, det var för djupt för att sy ihop. Daisy var medtagen och veterinären ville att hon skulle vara kvar över natten på mottagningen, men Anna visste att hon inte skulle kunna hämta hem henne dagen efter så hon var tvungen att ta med Daisy hem direkt efter operationen.

Anna förklarade att hon fått skjuts till mottagningen och att
hon inte hade tillgång till bil eller skjuts dagen efter, och var
tvungen att åka buss i så fall och hämta Daisy. Så det var nog
bättre att Daisy kom med hem direkt. Veterinären tittade på
Anna med en aning bekymrad blick men sa.

-Jag brukar inte ge ut mitt telefonnummer men ring mig direkt
om Daisy blir sämre så får vi ordna så hon får hjälp då.

-Åh, tack snälla, svarade Anna och förstod att Daisy fick följa
med hem.

Veterinären klappade Anna på armen och sade.

-Både du och Daisy är av segt virke skulle jag tro, ni är
kämpar.

Anna log tillbaka, hon visste inte vad hon skulle svara.

Nu kände hon att änglarna hade varit med henne och Daisy
under dagen, hon hade fått hjälp från så många håll, hon
kände sig så tacksam.

Janne körde hem henne och lillflickan som hade varit med
hela tiden, samt sjuklingen Daisy. När de närmade sig Annas
hem sa Janne.

-Jag går inte med in, jag vill inte träffa Mange.

-Okej, tack snälla för hjälpen idag, sa Anna.

-Du kan alltid ringa mig om det är kris Anna, sa Janne.

-Tack, vad fint av dig, sa Anna och log.

Hon kände att Janne menade vad han sa, och hon förstod att han tyckte att Mange bar sig illa åt mot henne, det kändes faktiskt skönt att någon såg och förstod att hon och Mange inte hade det så bra, hon kände sig sedd av Janne på ett sätt hon inte gjort på länge.

 All energi var som bortblåst i henne när hon klev innanför dörren hemma. Mange satt som vanligt framför tvn med två tomma ölburkar framför sig på bordet. Hon orkade inte ens prata med honom, hon tog Daisys hundsäng och flyttade den så den låg precis nedanför hennes sida av sängen. Nattade sin lilla flicka och gick och la sig i tystnad. Hon orkade inte ifrågasätta Mange eller ännu mindre starta ett bråk med honom. Nu visste hon, det här var droppen som fick bägaren att rinna över. Frihet ville hon ha, inte vara styrd av någon eller känna rädsla för att råka illa ut. Nu fick det vara nog helt enkelt. Det var dags att separera ifrån Mange nu. Det skulle inte bli enkelt, det förstod hon. Nu skulle hon sova för imorgon är det en ny dag och då får jag ta itu med det här tänkte Anna och klappade på Daisy som redan sov i sin säng. Natten hade gått bra, Daisy viftade på svansen på morgonen och haltade ut på en liten kissrunda med Anna. Vid frukosten kom tankarna tillbaka från igår kväll, nu skulle hon separera från Mange. Han liksom ägde henne förstod hon när hon tänkte på deras relation. Hon måste vara stark och smart, hon var ju av segt virke, hade veterinären sagt.

 Deras gemensamma hem var som ett fängelse som hon var instängd i, han övervakade allt, men hade själv frihet. Nu ville hon också ha frihet, väggarna kröp närmare och närmare kändes det som, hon kunde inte andas. Hon måste ut, bort härifrån. Leva själv. Nu bad hon änglarna om hjälp igen, hjälp med att kunna ta sig därifrån helskinnad med deras lilla flicka, från deras gemensamma hem.

Daisy's sår skötte hon dagligen, pratade inte om det som hänt med Mange, han fick ta upp det själv om han hade lust, tänkte hon. All energi hon hade la hon på sig själv, Daisy och sin lilla flicka. Hon levde heller ensam, än ensam i tvåsamhet, tänkte hon.

För hon kände sig ensam, hennes mamma Kerstin hade ju alltid tyckt så bra om Mange, han var ju så charmig och snygg dessutom sa hon så fort Anna försökte tala om deras relation med henne. Hon brukade prata bort sig och säga till henne.

-Anna, du vet, karlar har ju bara en halv hjärna, du får sköta allting själv.

Det var inte så lätt att få mamma Kerstin att förstå hur hon kände, kanske berodde det på att hon var en generation äldre och hade en annan syn på män. Mamma Kerstin hade ju själv blivit bedragen som ung småbarnsförälder men det var

tydligen inget man talade om, hon skilde sig från Annas pappa
när Anna var tre år.

Eller var det ett familjemönster? Nu var hon tvungen att
fokusera på sig själv och sin situation och kunde inte gräva
ner sig i grubblerier. Tänka klart och smart, klara sig ur den
här relationen helskinnad.

Såret på Daisy läkte fint och Anna kunde ta ut henne på längre
och längre promenader. I början hade de inte gått så långt utan
till en lekpark så flickan kunde gunga. Precis bredvid
lekparken låg ett nybyggt lägenhetsområde. Anna hade hört
av de andra mammorna i parken att alla lägenheter inte blev
sålda så de skulle hyra ut dem som var kvar framöver. Hon
bestämde sig för att gå och titta vilka lägenheter som var
lediga. Det fanns ett anslag på områdets informationstavla om
att det skulle vara visning på de lediga lägenheterna om två
veckor. Hon bestämde sig för att gå på visningen. Hon sa
inget till Mange om sina planer utan gjorde allt i sin egen
tystnad. Han fortsatte "jobba över" som vanligt, men Anna
orkade inte längre lägga energi på det. Hon visste och hade
sett i sitt inre att han var otrogen, hon litade på sig själv och
tvekade inte en sekund på det hon såg och kände.

De hade inte så mycket saker i hemmet utan bara det
nödvändigaste, dels för att Mange ville spara så mycket
pengar som möjligt till deras framtida hus, och Anna hade på

något vis tappat lusten att inreda deras hem. Mange bestämde ändå allt i slutändan. Hon hade ärvt lite porslin och köksredskap efter mormor Bojan, de skulle hon ta med sig när hon flyttade, tänkte hon. En servis hade Manges föräldrar sagt åt dem att börja samla på när de träffades, så Anna hade valt ut en från Gustavsbergs porslinfabrik som hon tyckte om. Servisen var så gott som komplett nu, de hade fått något varje födelsedag och i julklapp, en kaffekopp eller sockerskål till servisen. Hon funderade om hon skulle kunna ta med den när hon flyttade men det skulle nog inte Mange gå med på. Fast vad skulle han med den till, han kunde ju inte ens laga mat, tänkte hon i nästa sekund.

 Mikrovågsugnen hade de köpt gemensamt, den ville nog Mange ha också. Sen kom hon på sig själv att allt materialistiska var ju inte viktigt, utan det som var av vikt var att hon kom ifrån honom. Skulle han lämna henne ifred då när hon hade flyttat? Skulle det vara så enkelt? Han kanske skulle låta den blonda tjejen på sitt arbete som han var otrogen med flytta in. Det vore det bästa tänkte Anna.

En av de tomma lägenheterna blev hennes, tre månader efter att Daisy skar upp tassen flyttade hon in med sin lilla flicka. Flytten hade gått i all hast, Anna hade fixat allt själv med det praktiska kring lägenheten. Mange hade inte trott på henne när hon antydde att hon ville flytta ifrån honom. Han bara hånlog mot henne och menade att hon aldrig skulle klara av det. Det

var vid ett bråk som hon lyfte upp att hon ville flytta.

-Jag vill inte bo med dig längre, sa hon.

-Nähä, är du säker på att jag vill bo med dig då? sa han

självsäkert tillbaka och hånlog mot henne.

-Jag vill flytta iallafall, svarade hon tillbaka

-Gör det, jag ska inte flytta i alla fall, jag tänker bo kvar här,

fortsatte han.

-Vad fan ska du ta vägen? Tror du att det är så lätt att flytta, sa

han i skarpare ton.

-Ja, det tror jag, sa hon och gick ut i köket.

-Hur fan ska du klara av att bo själv? skrek han efter henne.

Hon ville inte avslöja att hon hade en ny lägenhet på gång.

Rädslan att bli hindrad av honom var för stor, hon måste göra

det på ett snyggt sätt, ta sig ur förhållandet med honom. Hon

var inte säker på hur han skulle reagera om hon berättade om

sina planer, han kanske skulle bli helt galen och ge sig på

henne. Då kanske hon aldrig skulle komma ur hans klor och

grepp om henne.

Och dessutom skulle hans föräldrar försöka övertala henne att

stanna kvar, han var kapabel att be dem om hjälp med det. Att

trycka på den svaga punkten "man separerar inte". Inte skulle

han tala om att han var otrogen, det skulle han förneka även

för dem. Han skulle få det till att det var hennes fel på nåt sätt, att hon var den svaga länken. Obehaglig var han, hon hade upplevt det tidigare i samtal med dem. Han kunde vända kappan efter vinden helt plötsligt, och föräldrarna hängde bara med på noterna.

 För att separera det gjorde man inte hur som helst, det hade Manges mamma gjort klart för henne. Var man i ett förhållande och dessutom hade barn så höll man ihop i ur och skur. Anna förstod att de hade en annan syn på äktenskapet än vad hon hade. Manges föräldrar hade nog ett och annat i bagaget förstod Anna av deras sätt att prata med varandra på. När föräldrarna bjöd in till middag hände det efter att de hade druckit några glas vin att Manges mamma spydde ut galla om deras förhållande. Otrohet hade tydligen förekommit mellan föräldrarna framgick av middag samtalen. Det verkade som att kärleken hade tagit slut för längesedan mellan dem, de gnällde mest på varandra. Fanns ingen respekt kvar mellan dem. Så ville inte Anna ha det i sitt liv i alla fall, det var tragiskt att se och höra tyckte hon.

Att separera var inte enkelt, det fanns stunder då Anna saknade tvåsamheten och en del av Mange. Det var väldigt tyst hemma, ingen vuxen att föra någon vardaglig dialog med. Det kunde hon sakna, hon ringde mamma Kerstin dagligen och pratade om allt möjligt. Tvivel fanns i henne om hon hade tagit rätt beslut. Men oftast landade hon i att det var

skönt att få känna sig fri och inte instängd och ägd av en
annan människa. Kärleken mellan henne och Mange hade
varit som bortblåst kändes det som, det var mer en relation där
de delade vardagen. Hon tänkte fram och tillbaka, vissa
stunder grät hon då det kändes för övermäktigt med alla
tankar och känslor.

 Samtalen med mamma Kerstin var mest för att få ventilera
allt som hon hade inom sig med en annan vuxen. Mamma
Kerstin lyssnade mest men kom också med goda råd
emellanåt men Anna följde sin egen magkänsla om vad hon
kände, vad som var rätt oftast. Samtalen var ändå av vikt för
Anna, då kunde hon bekräfta sig själv när hon lyfte upp vad
hon kände och tänkte i olika situationer. Det som stärkte Anna
till att fortsätta att känna att hon tagit rätt beslut, att separera
från Mange var hans beteende mot henne efter de separerat,
nu hade hon fått insikt om att deras relation inte var sund.
Flera i omgivningen hade funnits där när hon behövde deras
hjälp som mest. Det fick henne att förstå att Mange inte såg
henne för den hon var eller tog deras relation på allvar, och
vad fanns kärleken? Den kärlek som hon faktiskt en gång
hade upplevt som ung, det fanns inte några sådana känslor nu.
Hon kunde till och med jämföra med den villkorslösa kärlek
som fanns mellan henne och Daisy, för kärleken var vacker,

det visste Anna. Och det som var mellan henne och Mange
var allt annat än vackert.

De hade kommit överens om att dela på bohaget, Anna hade
tagit med sig de flesta saker hon hade från början när de
flyttade ihop. Men hon ville inte lämna Mange helt nödställd i
lägenheten eftersom de hade ett gemensamt barn, lilla flickan,
som hon antog skulle vistas hos honom då och då. Så hon
tyckte det kändes rättvist att dela på allt de hade tillsammans
och lämnade en del av köksinredningen kvar till honom fast
hon fått det i arv av sin mormor. Mange hade tydligen en
annan inställning fick Anna erfara senare. De kom överens
muntligt att dela upp räkningar sinsemellan, så det skulle bli
jämnt ekonomiskt fördelat. Men sen när räkningarna kom
hade han en annan ton.

-Det har kommit en räkning till dig Anna.

-Jaha, vilken då? undrade hon.

-Elräkningen, svarade han.

-Den skulle ju du betala, det kom vi tidigare överens om,
svarade hon tillbaka.

-Nej, den här står i ditt namn så då får du betala den, vi bor
inte ihop längre, så jag betalar det som står i mitt namn och du
betalar det som står i ditt namn, så är det. Fick hon som svar.

-Men, vi var ju överens om att du skulle betala den, jag
betalade en som stod i ditt namn, kommer du ihåg? svarade
hon tillbaka lite surt.

-Det som står i ditt namn betalar du. Jag betalar inget åt dig
längre, sa han och slängde elräkningen mot henne.

Hon visste att det var ingen ide att bråka med honom, han var
väldigt bestämd och kunde bli riktigt arg. Orken fanns inte till
att strida mot honom, hon ville faktiskt bli av med honom en
gång för alla, kändes det som. Hon var väldigt trött på hans
beteende.

Dessutom hade han tagit pengarna som de sparat under tiden
de var tillsammans, de satt på ett sparkonto i hans namn. Där
hade hon stridit, till och med gapat och skrikit på honom i ren
frustration, hans envisa empatilösa sätt mot henne, utan
resultat. Han menade att pengarna som fanns där på kontot var
pengar som han hade arbetat ihop extra, när han jobbade över
på kvällarna. Anna visste inte exakt summan eftersom han
hade hållit på deras pengar, men hon visste att det fanns en hel
del, och hon hade ju dessutom rätt till hälften av dem, då de
levt och sparat tillsammans som en familj.

Han ville henne illa, och hon kunde inte förstå det. Hon var ju
mamma till deras gemensamma barn. Ingenting bet på honom,
han var fast besluten om att pengarna var hans, Anna försökte
förklara att hon behövde pengar till sitt och flickans nya hem.

Men det var lönlöst, han menade att om hon hade bott kvar med honom så hade hon inte behövt köpa en massa nya möbler och saker.

-Anna, det är dags att du står på egna ben nu när du bestämt dig för att flytta. Jag kan inte försörja dig längre.

-Men det har du väl aldrig gjort, jag har ju också jobbat och dragit in pengar till oss. svarade hon.

-Om du nu väljer att bo själv, får du klara dig själv också. Fick hon som svar.

-Du är hopplös, Mange, vi har ju faktiskt ett barn ihop, svarade hon en aning uppgiven.

-Ja, det vet jag väl, svarade han kort tillbaka.

Anna gav upp, hon kom ingenstans med honom, det tog så mycket energi av henne alla diskussionerna om pengar med Mange. Hon ville verkligen ha lugn och ro, få ta egna beslut utan att han skulle bestämma allt. Hon lät han behålla pengarna, hon hade räknat ut att hon skulle klara sig ganska precis på sin lön när hon separerade. Pengar är inte allt, tänkte hon, huvudsaken är att jag får vara lycklig. Det landade hon i och gav upp fajten med Mange. Det kändes skönt att få börja om på nytt, skapa ett eget liv.

Nu var Anna ensamstående förälder, insåg hon, men en kvinna på hennes arbete hade sagt att det faktiskt hette "enastående" mamma, inte ensamstående. Det gillade Anna, nu var hon enastående, lycklig och bestämde allt själv. De andra kvinnorna på hennes arbete pratade ofta om sitt föräldraskap och blev stöttande för varandra, det blev ett speciellt band, kvinna till kvinna som ett systraskap. Precis vad Anna behövde för att få kraft och energi men även goda råd från andra i samma eller liknande situation.

En tid efter separationen bestämde Mange sig helt plötsligt för att ha deras flicka varannan vecka. Anna förstod ingenting, för i början när hon hade flyttat ifrån honom så visade han inget intresse för deras gemensamma barn, flickan hade bott hela tiden hos Anna. De gånger han hörde av sig var någon enstaka lördag eller söndag då han träffade flickan. Det blev alltid någon form av konflikt emellan dem då han inte passade tider eller ville helt plötsligt umgås med Anna en lördagskväll, naturligtvis på hans villkor. Han kunde föreslå att det skulle äta middag tillsammans, hans favoriträtt som Anna skulle tillaga och så ville han se tv tillsammans med henne och dricka några öl med. Anna var inte så intresserad av hans förslag, hon kunde ana hur han ville avsluta kvällen också, i hennes säng. Hon avböjde hans lördags umgänge och han blev sur och irriterad, hon förstod att han hade det "tråkigt " de kvällar han ville umgås med henne, inget annat inplanerat som var roligare och då dög hon.

För han skröt för henne hur han var ute och festade inne i stan med sina kompisar, som om han ville att hon skulle bli svartsjuk och ta honom tillbaka fick Anna en känsla av. Det var det sista hon ville, hon njöt faktiskt av att kunna vara hemma en lördagskväll även om hon var helt ensam och stundvis så kunde hon sakna vuxet sällskap men att få bestämma och göra precis som hon ville var värt mycket. Det var en omställningsprocess hon gick igenom nu, att hitta tillbaka till sig själv. Våga skratta, fnittra när hon ville utan att någon blev sur eller irriterad på henne. Ha åsikter om livet och kunna diskutera det med andra utan att någon säger till henne, bara vara sig själv helt enkelt. Den processen var inte alltid så lätt att vara i, känslor och tankar flödade emellanåt så hon tvivlade på både det ena och andra, tårar och dåliga dagar förekom också. Men hon landade alltid i att hon tagit rätt beslut i att separera och leva själv.

Anna hade hört sig för på socialkontoret i kommunen om hon kunde ansöka om ensam vårdnad om flickan, men det var inte så lätt. Speciellt nu när Mange bestämt sig för att vara varannan vecka pappa. I något svagt ögonblick när Mange hade bråkat med henne hade Anna nämnt att hon tyckte det var det bästa om flickan bodde enbart hos henne eftersom han ändå inte brydde sig om henne, och dessutom ville Anna ha underhåll för flickan.

Mange hade lovat att han skulle betala en summa varje månad men det höll han inte, han drog av för både det ena och det andra, eller betalade inte alls. Han utnyttjade allt hon sa emot henne vid senare tillfälle, förvrängde och kunde till och med spä på med egna ord, ljög liksom ihop små historier upptäckte hon.

När hon sa till honom att det inte stämde, brusade han upp och blev arg på henne.

Så hon ville ha ensam vårdnad för att slippa ha med honom att göra, det var så tröttsamt att ha honom som en tickande bomb i bakgrunden hela tiden. Men där fick hon också ge upp, det skulle bli för stora strider som kanske inte alltid bara var till hennes fördel förstod hon då Mange var specialist på att vara trevlig och charma människor i sin omgivning, och framstå som en superpappa med goda relationer.

Och på det kunde han förvränga saker om Anna till socialsekreteraren upptäckte hon. Pappor hade all rätt till umgänge med sina barn fick hon höra även om Anna hade berättat om att han inte hade varit engagerad under de tre första åren av deras flickas uppväxt. Det hade varit många samtal hos socialsekreteraren, oftast var Anna där själv och ibland skulle Mange och hon ha samtal tillsammans. Det var inte alltid han dök upp eller hörde av sig när han uteblev. Men det togs tydligen inte hänsyn till när Anna försökte påvisa att det var så typiskt Mange att göra allt på sina villkor.

 Hon blev arg på socialsekreteraren och sa att hon också kunde "skita" i vissa saker och bara göra som hon ville, då fick hon höra att det var nog inte till hennes fördel. Hon nämnde att Mange ofta var arg och kunde till och med ge sig på henne, att det hade hänt förut. Då fick Anna till svar att hon måste polisanmäla honom om det skedde framöver. Hela processen blev väldigt jobbig för Anna, skulle hon polisanmäla sitt barns far? Hon förstod att de han hade gjort tidigare var fel, men att ta det så långt orkade hon inte med nu, hon var för skör. Det enda hon ville var att få lugn och ro och det skulle det inte bli om hon skulle ta till polisanmälningar på allt Mange gjorde mot henne.

Oron fanns varje gång han hämtade flickan. I början hade Anna skickat med kläder och leksaker till flickan men Mange hade efter en tid sagt till henne att det inte behövdes för hans mamma köpte kläder och det som behövdes till flickan. Varje gång han lämnade tillbaka flickan till Anna så var det i samma kläder som hon åkte i, Anna såg inte till några nya kläder från farmor på hennes flicka. När hon frågade Mange om "de nya kläderna" fick hon till svar att de fanns hemma hos honom och dem skulle hon inte slita på.

Anna svarade surt att det inte var hon som använde dem utan deras gemensamma barn. Kommunikationen var inte enkel mellan dem.

Sommarkvällen var ljummen, Anna hade lagt flickan och satt ute en stund på framsidan av hennes lägenhet som låg på markplan. Janne hade varit och hjälpt henne med att hämta och bära in en garderob och tv-bänk som Anna fått av en bekant till mamma Kerstin. Hon hade bjudit Janne på middag som tack för hjälpen, de satt och småpratade vid middagsbordet när Janne såg allvarlig ut.

-Du Anna, det är en sak jag måste säga, fan det här är inte så lätt, sa han och drog handen över skägget.

Anna såg att han var bekymrad på något vis och satt bara tyst och väntade på vad han hade att berätta. Han fortsatte.

-Jag har velat säga det här för längesedan men det har varit så svårt, men nu vill jag att du ska veta, sa han och tittade på henne allvarsamt.

-Vad är det jag måste veta, svarade hon.

-Mange var otrogen mot dig när ni var tillsammans, visste du om det?

-Ja, på ett sätt visste jag, han arbetade över så mycket, svarade hon tillbaka.

-Jag stötte på dem när de var på restaurang tillsammans, sa han.

-Jaha, men hur vet du att han var otrogen då? frågade hon.

-Jag såg dem kramas och pussas och då såg Mange mig, svarade han tillbaka.

-Okej, vad gjorde han då? frågade hon.

-Ja, han kom fram och presenterade henne som sin flickvän för mig, sa han och skruvade på sig.

-Och vad sa du då?

-Ja, det var det som blev så jobbigt, jag blev så chockad för jag visste ju om er och vart alldeles stum. Jag bara satt där som en idiot.

-Förlåt Anna, sa Janne.

-Det är inte ditt fel, det är Mange som har gjort fel, svarade hon tillbaka.

-Jo, men jag borde ha sagt något till honom på restaurangen men jag fann mig inte. Och du vet att Mange är lite speciell.

-Jo tack, det vet jag, men jag uppskattar att du berättar nu för mig för det får mina misstankar bekräftade på att han var otrogen.

-Tack Janne, du är en fin vän, sa hon och log mot honom.

-Jag kände att jag måste säga det här till dig för jag har burit det inom mig och mått så dåligt av det, sa han.

-Kan tänka mig det, vi får våra utmaningar i livet men än en gång så uppskattar jag din uppriktighet. sa Anna.

Det kändes skönt att få bekräftelse på att de hon drömt om när
hon och Mange var tillsammans stämde, och nu visste Anna
att hon alltid kunde lita på sitt inre.

Anna visste att Janne var en fin vän att lita på och det kändes
fint. De drack en kopp kaffe efter maten, sen åkte Janne
vidare.

 Nu reste hon sig från stolen ute på framsidan efter att ha suttit
och tänkt igenom vad Janne talat om för henne tidigare under
kvällen, tänk att hon ändå haft rätt. Ibland var det svårt att
förstå även för Anna att hon kunde se saker i sitt inre men
även att hon kunde veta saker i förväg, men det var skönt med
bekräftelsen från Janne, för det var inte alltid som hon fick det
utan var tvungen att lita på det som skedde bara. Ha tillit.

Hon gick in i badrummet och förberedde sig för natten,
tassade in i sovrummet, ställde fönstret i sovrummet i
vädrings läget, så det skulle bli svalt i rummet under natten.
Kröp ner i sängen och somnade.

 Hon vaknade av ett knakande och såg en arm som var på väg
in genom vädringsfönstret. Skräckslagen låg hon kvar och
undrade vad hon skulle göra. Daisy var gammal dam nu och
hade tappat hörseln så gott som, hon låg på golvet i hallen
obrydd över att det var livat vid fönstret. Då hör hon Manges
röst utanför fönstret.

-Anna öppna, skrek han berusat.

Hastigt reste hon sig upp från sängen och rusade fram till
fönstret.

-Sluta, ta bort armen du har sönder fönstret, halv viskade hon
tillbaka.

-Öppna, jag vill komma in, sa han och drog bort armen.

-Tyst, du väcker lillan, sa Anna fortfarande halvt viskande.

-Anna, jag älskar ju dig, sa han högljutt.

-Det gör du inte alls, du är full. Gå hem, sa Anna.

-Får jag komma in Anna?

-Nej, gå hem, du får komma i morgon, svarade hon tillbaka.

-Anna, jag vill komma in nu, sluddrade han.

-Gå hem nu, så ses vi imorgon, sa Anna så milt hon kunde.

-Ja, ja, hörde hon honom sluddra utanför.

Han tog några steg bort från fönstret kunde hon höra,
försiktigt gjorde hon en glipa i persiennen och såg hur han
vinglade iväg. Åh, herregud tänkte hon, han gick.

Men i nästa sekund undrade hon om han skulle vända om och
komma tillbaka. Försiktigt stängde hon fönstret och bad till
änglarna att han skulle få hjälp att gå hem och inte komma
tillbaka. Oron tog fart i henne, nu var hon klarvaken och
vankade tyst omkring i lägenheten. Efter en timme så
hoppades hon att han hade gått hem till sig. Hon la sig för att
sova igen. Han hörde inte av sig dagen efter, och hon brydde

sig faktiskt inte om att försäkra sig om att han hade kommit hem ordentligt.

Daisy var gammal och skruttig, hon hade ont i ryggen och lederna och gick på medicin men Anna älskade sin fina hund med sin villkorslösa kärlek till henne. Hon förstod att Daisy inte hade långt kvar men det var så svårt att ta det slutgiltiga beslutet att låta henne somna in. Daisy hängde liksom med fortfarande i sin lugna takt. Promenaderna var inte långa nuförtiden och det var länge sedan de gick i skogen, Daisy hade ont när det var ojämnheter i marken såg Anna så det blev promenader runt i området där de bodde. Ofta la sig Daisy på gräset och rullade runt, sen låg hon där en lång stund och vädrade in alla dofter och njöt. Anna lät henne få göra på sitt vis. Nu var de på väg in efter att ha varit på sin lilla runda och Daisy var ny rullad i gräset. De kom fram till porten och Daisy skulle ta de små trappstegen upp till entre dörren som vanligt men idag ville det sig inte väl. Daisy skrek och bakbenen vek sig så hon ramlade omkull, Anna böjde sig direkt ner till sin fina Daisy och talade lugnt till henne. Bar in henne i hallen och ringde veterinären. Tiden var inne för ett avsked av Daisy. Janne körde henne till mottagningen och fanns med vid Annas sida när hon tog farväl av Daisy. Anna visste att de skulle finnas i varandras hjärta och själ för evigt. Hon och Daisy forever.

De följande året hände flera liknande händelser där Mange sökte upp Anna, både nykter och onykter vid olika tillfällen. Anna kände att han hade svårt att släppa taget om henne, det var som om han behövde ha kontroll på henne på något vis. Hennes liv bestod av arbete, ta hand om sitt barn. Under de veckor då flickan var hos Mange passade Anna på att arbeta extra så mycket hon kunde för att få lite extrapengar. Ibland gick hon ut med sina väninnor och dansade. Det var som om hon behövde tid till att läka sina sår från Mange. Att hitta en ny partner stod inte högst upp på Annas agenda. Hon var nöjd med det liv hon levde, fast det var enkelt. Det var skönt på något vis att få tid till sig själv och hinna reflektera över hur livet hade sett ut för henne. Kärlek ville hon ha men inte till vilket pris som helst, inte bara ha någon för att slippa vara ensam.

Femte delen

Efter drygt tre år som enastående mamma så kände hon sig faktiskt redo för en ny relation. En efter en hade hennes väninnor bundit upp sig, nu var det bara hon och en till som var singlar. Några män hade hon träffat under tiden som singel men hon var noga med att inte kasta sig in i en relation. Hon ville att det skulle kännas rätt ända in i hjärtat innan hon inledde någon djupare relation med en man. Dessutom så hade hon haft tid på sig att tänka ut vad hon ville ha för typ av relation och vilken man som skulle passa in i hennes liv under de åren som hon levt ensam. Mange hade haft ett antal relationer sedan de separerade, men Anna kände att hon var tacksam att hon haft styrkan att ta sig ur deras relation. Hon la ingen vikt vid hans relationer med andra kvinnor bara det inte gick ut över deras gemensamma flicka.

En väninna hörde av sig och undrade om Anna ville med ut och dansa i helgen.

-Vi kan väl gå till det nya stället i stan, föreslog väninnan.

-Ja, varför inte, svarade Anna.

Det var några dagar kvar tills det var helg och de skulle ut och dansa. Anna hade känt sig glad och uppåt i flera dagar, det var som om det var speciell energi i luften. Som vanligt

arbetade Anna extra, hon brukade ta pass på helgerna när
Mange hade flickan. Det var endast då hon passade på att gå
ut på dans.

Mamma Kerstin var aldrig barnvakt på helgerna för Anna
ville inte lämna flickan där eftersom hon visste att Sture
framför allt drack mycket alkohol på helgerna, mamma
Kerstin kunde också dricka en hel del vin hade hon erfarit.
Den här lördagen kändes bra tänkte Anna när hon gick till
jobbet, hon kände på sig att det skulle bli en speciell kväll.
Hon kände sig så laddad på nåt vis, laddad med energi.
Väninnan ringde och ville ställa in kvällen men Anna stod på
sig.

-Vi måste ut, sa Anna i bestämd ton.

-Ja, men egentligen har jag ingen lust, sa väninnan.

-Det blir kul ska du se, sa Anna uppmuntrande.

-Värst vad du är på, svarade väninnan tillbaka.

-Ja, det kommer att hända något speciellt, sa Anna.

-Som vad då? undrade väninnan.

-Vet inte, känner det bara på mig på något vis, svarade hon
tillbaka.

Dans stället hade ett mindre dansgolv med sittplatser runt om.
Vid entren låg baren med en större sitt umgängesdel. Anna
kollade runt och såg en kille stå vid dansgolvet, han var
snygg, honom skulle hon dansa med, tänkte hon. Hennes

väninna hittade direkt ett sällskap vid baren som bestod av tre män, väninnan frågade om de fick slå sig ner, och det fick dem. Anna kände inte något intresse för någon av de tre männen, deras energi intresserade inte henne. De gav henne komplimanger och gjorde sig till för henne, det gillade hon inte. Hon ville dansa med den snygga killen hon sett vid dansgolvet, hon bestämde sig för att leta upp honom, vilket inte var riktigt likt henne. Men det låg någon mystisk energi i luften den här kvällen. Stegen styrde hon mot dansgolvet, tittade runt för att se honom. Det var efter en kort stund hon såg honom sitta ner med en tjej i knät som han höll om och pussades med.

Luften gick ur Anna på nåt vis, hade hon känt så fel. Hon var säker på att ikväll var kvällen hon skulle träffa någon. Men det var inte likt henne att tänka på det här sättet, det hade hon aldrig gjort tidigare, hon var ju inte typen som raggade på danshak. Ändå litade hon på sitt inre och alltid på det hon kände inombords. Det gick aldrig att bortse ifrån. Med tunga steg gick hon tillbaka till väninnan och de tre männen. De skrattade och pratade i munnen på varandra, Anna orkade inte låtsas ha kul utan satt bara där och var frånvarande.

Efter en stund ville hon röra på sig och bestämde sig för att gå och köpa en läsk i baren. Det hade samlats mycket folk, Anna trängde sig fram mot den höga bardisken. Lyckades få bartenderns uppmärksamhet och beställde en Fanta. När hon

skulle betala tog hon tag i remmen på sin lilla ryggsäck som

hade på ryggen. Någon knuffade till henne och i samma

ögonblick for väskan in i killen bredvid. Han vände sig om

mot henne.

-Knuffas du?

-Nej, det var inte jag utan någon bredvid mig, svarade hon lite

besvärad.

- Jag tror att det var du, sa han och log mot henne.

-Alltså, det var min väska, sa Anna och hörde hur dumt det

lät.

-Jaha, din väska har ett eget liv då? sa han och småskrattade.

-Nej, jag blev knuffad och fick sving i väskan, tydligen rakt på

dig, förlåt. sa hon tillbaka.

-Lasse heter jag, vad heter du?

Nu tittade Anna rakt in i hans ögon, och ögonen såg ut som

skrattande månar.

-Anna, Anna heter jag, sa hon och log tillbaka.

Resterande del av kvällen pratade de bland alla människor och

den höga musiken. Det kändes som om de hade känt varandra

hela livet och inte setts på en lång tid. De skrattade och

pratade och frågade varandra om allt möjligt. Känslan var

verkligen som om de hade varit bortresta ifrån varandra en

lång tid och nu äntligen fått återförenas, tiden stod liksom
still.

Anna tittade på klockan och såg att den var ett på natten.

-Oj, vad klockan har runnit iväg, sa hon.

-Har du bråttom? svarade han tillbaka.

-Nej, eller jag ska upp och jobba om några timmar, svarade
hon tillbaka.

-Jaha, på en söndag? sa han undrande.

-Ja, jag jobbar extra i kassan på en matbutik.

-Jaha, du kanske säger så för att slippa mig nu? sa han och log
mot henne, han fortsatte.

-Här ta mitt visitkort, så du kommer ihåg mig, och gav henne
kortet med sitt namn och telefonnummer på.

-Du kan få följa med mig hem nu ikväll om du vill, svarade
Anna tillbaka.

I nästa sekund undrade hon om det var hon som sagt det där.
Det var inte likt henne, vad flög i henne ikväll. Hon blev
generad, hon var ju egentligen en försiktig, blyg person, inte
så här framfusig.

-Ja, gärna svarade han lite självsäkert, på ett skämtsamt sätt
och så började de båda skratta. Anna skrattade både av glädje
men också lite av nervositet, vad skulle hon göra nu? Skulle
hon låta den här mannen följa med henne hem? Hon

ansträngde sig och kände efter i kroppen, hur kändes det? Lätt och rätt.

-Kom, hon tog honom i handen, jag ska bara säga till min väninna att jag åker hem och tar med dig, sa hon och drog med honom mot väninnan.

Det var som om Anna fick hjälp av en pushande energi i henne och fick mod att säga rätt saker i rätt tid. Hon var bara här och nu i stunden. Det var väl bara rätt kväll och rätt energier i luften när Anna träffade Lasse, han är den enda mannen som Anna har raggat upp under sin livstid.

De fortsatte att träffas och efter sex månader väntade de sitt första gemensamma barn. De gifte sig när deras förstfödde döptes i kyrkan. De fick ytterligare ett barn till.

När Mange fick vetskap om att Anna träffat Lasse så dök han
bara upp en eftermiddag. Han trängde sig in i hennes lägenhet
och gick fram till Lasse som satt i soffan och startade ett
korsförhör med honom. Anna försökte få stopp på Mange men
han var väldigt bestämd, och Lasse satt bara lugnt och svarade
på hans underliga frågor.

-Hur länge ska du vara ihop med henne? sa Mange och
pekade på Anna.

-Det får tiden utvisa, svarade Lasse.

-Vad jobbar du med? tjänar du mycket pengar? fortsatte
Mange.

-Jag är snickare och har en vanlig hederlig lön, svarade Lasse
lugnt.

-Ska du bo här nu? fortsatte Mange.

-Jag har en egen lägenhet, svarade Lasse.

-Det räcker nu, du får gärna gå nu, sa Anna till Mange.

-Jaha, jag skulle bara ha koll på den där hundrakilos mannen
som du har över dig varje kväll, svarade Mange Anna.

-GÅ NU! halv skrek Anna tillbaka.

Mange gav dem flera utmaningar i deras liv. Hans oförmågor
tycktes aldrig ta slut. Det gick så långt att Anna och Lasse fick
förbjuda honom att gå in i deras gemensamma hem. Hämtning
och lämning med Anna och Manges gemensamma flicka fick
ske i skolan, det blev enklast så.

När Anna blev varse om människors förmågor och oförmågor på sin psykologutbildning hon gick i tre år, då kunde hon se Mange med andra ögon än tidigare. Vilket var en lättnad faktiskt, att förstå att allt han gjorde var inte avsiktligt. Det låter ju märkligt när det kändes så då, när det hände, men hon kunde se hans bristande förmåga i mångt och mycket. Hans oförmågor ställde till det för honom och andra i hans omgivning. Efter att hon hade avslutat sin utbildning och gått i enskild terapi och gruppterapi under tre år som utbildningen varade var det lättare att förlåta och släppa taget om det som hon hade gått igenom med honom under åren de levde tillsammans.

Lasse och Annas relation växte sig djupare liksom deras kärlek för varandra. Båda hade ett bagage med sig men med olika innehåll. Det var att ge och ta, se varandras styrkor och svagheter och kunna vila i dem. Det fanns stunder som var svåra och de hade vissa olikheter, men det var väl så livet såg ut. De växte både andligt och personligt, tillsammans och var och en för sig. Vi får det vi behöver både i gott och ont, vägen vi vandrar är livet, tänkte Anna.

Genom åren så dök det upp olika andliga och spirituella utbildningar som Anna tog sig an. Hon förstod att hon inte var ensam med sina inre upplevelser, utan att det fanns likasinnade kvinnor och män. I början var hon förundrad över andra människors olika gåvor, det tog sin tid innan hon var fullt bekväm med sina egna gåvor och kunde ge vägledning till andra människor. Hennes sår behövdes läka, accepteras, förlåtas och släppa taget om i den mån det var möjligt.

På en av de andliga spirituella utbildningarna Anna gick under åren så sa läraren vid ett tillfälle när de skulle titta närmare på tidigare liv.

-Anna är ett bra exempel på hur det kan se ut från tidigare liv. Anna hade inte berättat något om relationen med Lasse för någon på kursen.

-Hon och hennes man är väldigt tajta idag, de har en andlig och personlig utveckling tillsammans i relationen i livet idag. Hon fortsatte.

-Men i deras tidigare liv så avbröts deras kärleksrelation och de fick aldrig ett avslut, så jag får till mig att i det här livet så fortsätter deras relation där den slutade i båda deras förra liv, de är själsfränder. sa hon och höll upp handen och la samtidigt fingrarna i kors över varandra.

Anna rös inombords och blev väldigt berörd över vad läraren sa. Det slog an hårt i henne och hon tänkte på när hon och Lasse träffades på dans stället, det hade känts så naturligt när de träffades och det var som om de hade känt varandra hela livet.

Och dessutom så gjorde alltid Lasse korstecknet med fingrarna mot henne som en kärleksförklaring "du-och-jag" dem emellan, samma som läraren hade gjort.

Återigen fick hon bekräftelse på att hon hade känt rätt inom sig, bekräftelsen var inte viktig egentligen men fint att få mellanåt. Det stärkte henne att våga lita på sin inre hjärtans röst.

Allt är föränderligt, det hade Anna hört många gånger inom sig, det var som om hon behövde den påminnelsen emellanåt när rösten inom henne talade. Åren hade gått, vägen vi vandrar är livet och allt hade faktiskt en mening även om det kändes svårt ibland att förstå det. Allt hon hade varit med om sen hon gjorde entré i jordelivet var av en mening, hennes livsväg. En livsväg att följa, lagom krokig med utmaningar på vägen. Allt för att utvecklas personligt och andligt, det tvekade hon inte en sekund på. Och allt var föränderligt, det var bara att hänga med liksom hade hon lärt sig, ungefär som årstiderna, inget är i stiltje.

Som bäst mådde hon när hon var balanserad, och här och nu. Men det var ju inte så lätt alla gånger, hade hon fått erfara. En del val i livet var inte balanserade men då var det viktigt att stanna upp och reflektera, ta sig tid och tänka om. Gör om, gör ett nytt val. Svårare än så var det inte, eller…

Det viktigaste för henne var att lyssna inåt, höra sin inre röst och följa den, och ibland behövde hon tid till det. För om hon var obalanserad av någon anledning var det svårare att höra inre rösten och då behövdes tid. Tid till att reflektera och tid till att inte göra någonting. Bara vara.

Nu hade hon bestämt sig att bara ta det lugnt i några dagar, inte göra någonting. Hon kände sig inte i full balans i sitt inre, hon behövde tanka ny energi. Och om hennes inre röst sa det till henne var det bara att följa det för hennes eget bästa.

 Långa promenader med hunden blev det, hon lyssnade på fåglarna när hon gick men tog även in det som träden hade att förmedla också. Marken hon gick på talade till henne också. Allt var ett med henne och hon kände hur ny energi flödade in i hennes kropp.

Hon hade bestämt sig för att ägna helgen åt sin energi på fyllning, så hon hade förberett sig med att inhandla mat så hon skulle slippa åka till affären. För där visste hon att energin var en annan och hon ville inte bryta sin energi på fyllning. Maten hon lagade var enkel men mättande och nyttig. Efter varje promenad vilade hon långa stunder, tv tittade hon inte på, utan satt och tittade ut genom fönstret för att iaktta vad som hände utanför. Hon bara var i dagarna tre. La sig när hon blev trött på kvällen, vilket var tidigt och gick upp när hon vaknade och kände sig utvilad.

 Tog en lång frukost efter hundpromenaden. Satt länge och såg dagen vakna till liv.

Det var på morgonen när hon satt och tittade på fåglarna utanför som hon fick ett budskap. Hon hörde rösten tydligt i henne, den sa till henne.

-Våga prova.

Först blev hon lite ställd och undrade vad hon skulle våga
prova. Hon som kände sig nyfiken på livet förstod inte riktigt.
Det var dagen efter som budskapet sjönk in i henne. Nu
förstod hon att hon måste våga prova nya saker för att ta itu
med gamla mönster och sina rädslor. Hon visste att det kunde
bli utmanande men hon kunde också se att hon skulle växa
och utvecklas av det med. Det behöver inte vara något stort,
utan att ta det i små steg. Det värsta som kunde hända var ju
att hon backade in i sin komfortzon igen och då var det bara
att ta nya tag igen och prova på nytt.

Hennes medvetande skulle lyftas av utmaningarna. Hon kände
sig lätt och fri när insikten sjönk in i henne. Hon var redo nu.
Redo för att utvecklas både personligt och andligt. På den
sista dagen av hennes "bara vara dagar" så kom en tanke till
henne när Lasse frågade vad de skulle göra på semestern i
sommar. Anna svarade med säkerhet i rösten.

-Jag vill åka på festival i sommar.

-Va, du har ju aldrig tyckt om sådant, det var inte likt dig,
svarade han tillbaka.

-Nej, men jag vill prova något nytt, och utmana mig i år.

-Jaha, vilken festival vill du gå på? undrade Lasse.

-Jag har hört talas om en familjefestival med
hantverksmarknad, sa hon.

-Ja, det låter som att det kan passa dig och familjen, svarade han tillbaka.

-Vill du? frågade Anna.

-Klart jag vill, sa han och log mot henne.

Innerst inne förstod Anna att det var dags att utmanas igen och en ny förändringstid var kommen.

Jag är redo, redo att lyssna inåt på min inre hjärtans röst och följa den, tänkte Anna och log för sig själv.

Vad visste hon om morgondagen? Ingenting. Anna levde för dagen, lyssnade in kroppen. Lät hjärtat styra i dubbel bemärkelse, både hennes kroppsliga och hennes hjärtans inre röst. Hade hon en sämre kroppslig dag där hennes hjärta inte orkade riktigt så tog hon sig tid att vila, bara vara. Hon tog emot allt som kom till henne, oftast fick hon insikter dessa dagar då hon tog sig tid att lyssna inåt. Ett fint sätt att umgås med sig själv en hel dag eller två, brukar hon tänka. Nuförtiden tog det oftast två dagar innan hon var på banan igen efter att ha blivit överansträngd i hjärtat.

 Hon tyckte om det sättet att leva, att ta dagen som den kommer, ingen stress, bara här och nu.

Kanske hade hon blivit klok under åren som gått, i alla fall klokare än när hon var ung. Alla livserfarenheter hon hade upplevt och tagit med sig på livets väg.

Hon kanske till och med levde som hon lärde, eller försökte med det, och det var tillräckligt bra att vara medveten och se sig själv utifrån den hon var. En mänsklig själ i ständig förändring.